マンガでわかる

万葉集

上野誠 監修
サイドランチ マンガ

池田書店

はじめのことば

奈良大学教授　上野　誠

生きるということは
歴史を背負うということ――

今日の「私」がいるのは　昨日の「私」がいるからだ。
今日の日本があるのは　昨日の日本があるからだ。
過去を振り返ったり　過去に学んだりするのはそのためだ。
人は生まれ　そして死ぬ。
生まれて生まれて　死んで死んで　歴史は続いてきたのだ。

八世紀のなかばにできた
『万葉集』の歌を作った人たちも
その歌集を作った人たちも
もう　みんな死んでしまった。
今あるのは　二十巻四五一六首の歌々だけだ。

――人は言葉込める　その思い
――人は歌う　思いを込めて

千三百年前に生きた人びとの言葉に込められた思いを……
私はこの本で明らかにしたい！
もしこのマンガを読んで
胸が熱くなった人がいたとしたら
それは千三百年前の人の言葉に込められた思いが
今に伝わったということだ。

過去と無縁の現在などない
そして　今と無縁の未来もない
万葉の昔を知ることは
未来を考えることなのだ――

どうやったら　多くの人びとに　千三百年前の思いが伝わるのか？
はてさて　困った困ったぁ……。

マンガでわかる万葉集

もくじ

Part2 恋の歌

Part3

仕事、暮らしの歌

Part4 家族、人生観、宗教観

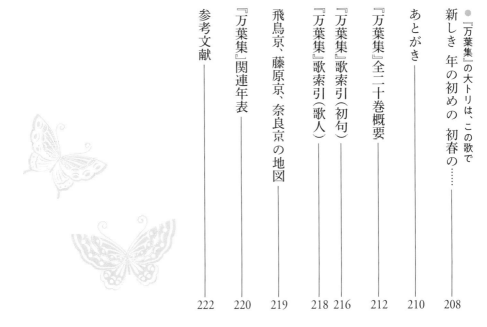

凡例

- **本文中の歌の表記について**

  『新編日本古典文学全集』(小学館)に則っていますが、一部改めた所があります。

- **作中マンガの服装等について**

  天武朝、天平年間の装いを参考にしていますが、マンガ的な脚色を加えています。

- **本文中の年代表記について**

  本来は元号を併記するべきところですが、入門書としてのわかりやすさを重視し、西暦表記のみとしました。

- **時代区分**

  この本では、都の場所に着目し、飛鳥京時代、藤原京時代、奈良京時代という区分を使っています。

Part 0

プロローグ

『万葉集』とは何か？

マンガ
『万葉集』って何？
『万葉集』はまるで〝声の缶詰〟だ
蓋を開ければ今から1300年以上昔の人々の肉声が聞こえてくる
万葉集
市場で買い物をしたり
家事をしたり仕事をしたり
今も昔も同じ部分もあれば
びっくりするほど違う部分もある
いま会いにいくよ〜

『万葉集』には天皇から庶民まで二十巻にわたって歌が収められている
この歌集を編んだ人物の一人に大伴家持《おおとものやかもち》がいる
ちょっと!
あ、おもわず寝ちゃったな
大伴家持
もうすぐ越中(富山県)に出発なんでしょ
大伴坂上大嬢《おおとものさかのうえのおおいらつめ》
せっかく引越しを手伝いにきたんだから
大伴家持は大伴旅人の息子武門の名門貴族の御曹司
ぷん
ぷん
大嬢ゴメンゴメン
ペラ・・・

おおーっ
柿本人麻呂《かきのもとのひとまろ》様は
さすが歌聖!!
歌唱力
ハンパねえっす!!
この防人《さきもり》の歌も
味わい深い!
妻や子どもを
残して、
きっと
つらかっただろう
大宰府《だざいふ》で
母を亡くした父が
帰るときに詠んだ歌は
いつ見ても泣ける!
家持は
たぐいまれな
歌の蒐集癖《しゅうしゅうへき》があった
もう、ムリ!!
泣いてないで
早く片づけて!
『万葉集』は
誰が編纂《へんさん》したのか?
これは
一言では言えない
万葉集

759年〜718年〜629年〜
なぜなら『万葉集』は7世紀半ばごろからほぼ100年かけてできあがった書物だからだ
舒明《じょめい》天皇即位
家持誕生
家持による『万葉集』巻末歌
万葉集【全20巻 約4500首】
藤原京の時代には巻一、巻二の原型はあったかもしれない
ヤダーっ人麻呂ったらお上手ね☆
ふふっ
おそらく『万葉集』の原型は巻一、巻二にあるどれか一首から始まり
途中から参加した家持が歌の数を雪だるま式に大きくしていった
そして、家持が国司＊として越中（富山県）に赴任する直前
七四五〜七四六年あたりに巻十六までが編纂されていたという説がある
ところが、家持はある段階から『万葉集』の編纂に携わらなくなった説もあり残る巻十七〜二十は一体誰がつくったのか、今もって謎に包まれている
だれが作ったの？
？
745年〜746年 16巻まで
家持が編纂
20 19 18 17 16 15 14 13 12 11 10 9 8 7 6 5 4 3 2 1

＊国司……今でいう県知事クラスの役人

その歌集本が
書き写され、
またその書き写し本が
書き写されて……
日の目を
見るようになったのは
平城《へいぜい》天皇の時代
（八〇六〜八〇九年）と
考えられている
全二十巻のなかで
一番古い歌は、
磐姫《いわのひめ》皇后の歌
近年
世界遺産に指定された
「百舌鳥・古市古墳群」に
含まれる
陵墓で眠るとされる
仁徳《にんとく》天皇の
后にあたる人物だ
これほど
古い人物になると
彼らが本当に
この歌を歌ったのか
じつはわからない
中国から漢字が
入ってくるまで
文字のない日本で
歌は
口頭で伝えられてきた
万葉の時代
歌を個人の
創作品とする意識は
希薄だったのだ

＊言霊……声に出した言葉や音

つまり 不吉なことを言うと 不吉な出来事が起こり
おめでたい ことを言うと 吉事が本当に 起こるんだ！
ほ、本当に そうかも しれませんね
次の日
みなさん
正月そうそう 雪が降るとは 吉兆の兆しです
では新年に ふさわしい歌を 詠みましょう
新《あら》しき 年の初めの 初春《はつはる》の 今日降る雪の いやしけ吉事《よごと》
（訳はP208）
『万葉集』の最終巻 一番最後の この歌は 歌集全体を 祝福するかのような エンディングソング
こうして『万葉集』は 現在に至るまで 歌い継がれてきた
さあ
それでは 万葉の世界に 旅立ってみよう！

『万葉集』の舞台探訪
―飛鳥京―

飛鳥川の「飛び石」

逢瀬のために飛び石を渡る心を詠んだ歌。奈良県の明日香村内には、飛鳥川沿いや飛鳥歴史公園内の周遊歩道沿いなどに『万葉集』の歌碑が立てられている。

明日香川《あすかがは》　明日《あす》も渡《わた》らむ
石橋《いしばし》の　遠《とほ》き心《こころ》は　思《おも》ほえぬかも

作者不記載歌（巻十一の二七〇一）

現代語訳）

明日香川は明日渡ります。飛び石みたいに離れた心で君を思っているのじゃありません。

―藤原京―

春《はる》過《す》ぎて　夏来《なつき》るらし　白《しろ》たへの　衣《ころも》干《ほ》したり　天《あめ》の香具山《かぐやま》

持統天皇《じとうてんのう》（巻一の二八）

現代語訳）
春が過ぎて……夏がやってきたらしい。なるほど、まっ白な衣が干してある。あの天の香具山に——。

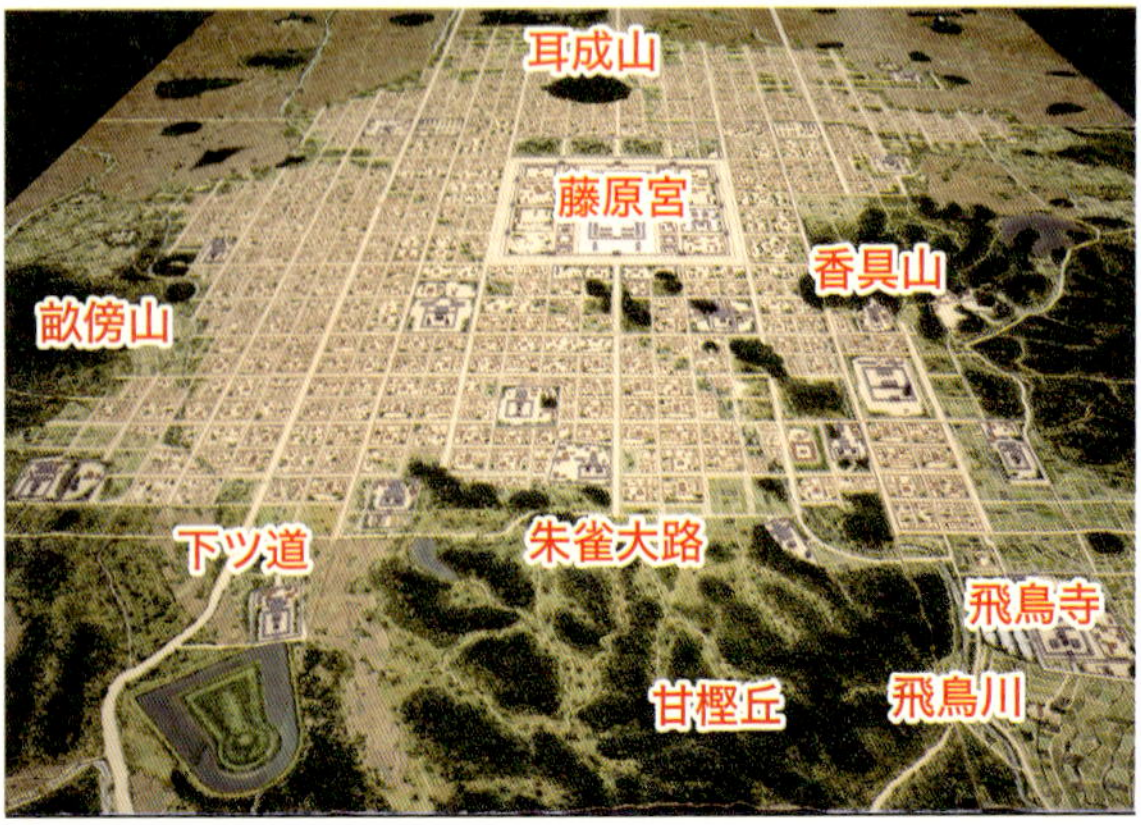

橿原市教育委員会提供

夏の香具山《かぐやま》

写真中央に見えるのが香具山。藤原京は東に香具山、北に耳成山《みみなしやま》、西の畝傍《うねび》山《やま》の大和三山の中心に位置するように計画的に設計されていた。

藤原京の模型
（橿原市藤原京資料室）

写真の右下が飛鳥京、中央が藤原京。二つの都は距離が近かったが、のちの平城京に匹敵する規模と条坊制《じょうぼうせい》の景観は、当時の人々にとって大改革だった。

―奈良京―

あをによし　奈良《なら》の大路《おほち》は　行《ゆ》き良《よ》けど
この山道《やまみち》は　行《ゆ》き悪《あ》しかりけり
中臣朝臣宅守《なかとみのあそみやかもり》（巻十五の三七二八）

現代語訳）
あをによし奈良の大路は歩きよいけれど、この山道はなんとも歩きづらい。

復元された平城京の朱雀門《すざくもん》

710年、都は藤原京から平城京へ遷《うつ》る。朱雀門の前には柳並木が美しい朱雀大路があり、門を入ると平城宮があった。

春日大社 境内 飛火野

秋の飛火野

平城宮で働く役人たちが遊んでいた場所が、御蓋山《みかさやま》（春日山）のふもとに広がる春日野《かすがの》。春日大社参道の南側にある飛火野《とびひの》では、昔と変わらない風景が残る。

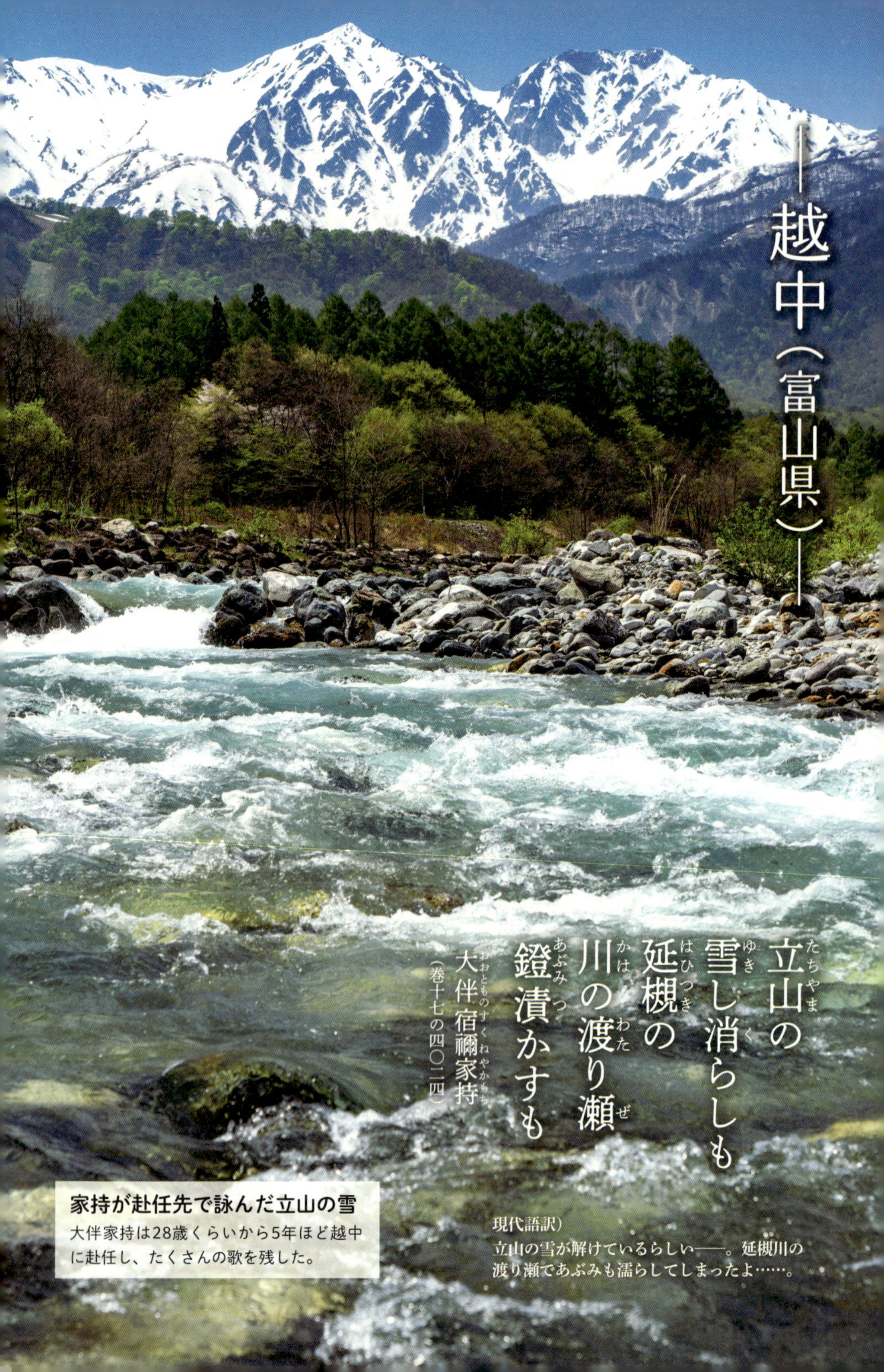

越中（富山県）

立山《たちやま》の
雪《ゆき》し消《く》らしも
延槻《はひつき》の
川《かは》の渡《わた》り瀬《ぜ》
鐙《あぶみ》漬《つ》かすも

大伴宿禰家持《おおとものすくねやかもち》
（巻十七の四〇二四）

現代語訳）
立山の雪が解けているらしい――。延槻川の渡り瀬であぶみも濡らしてしまったよ……。

家持が赴任先で詠んだ立山の雪
大伴家持は28歳くらいから5年ほど越中に赴任し、たくさんの歌を残した。

公益財団法人古都大宰府保存協会提供

大宰府展示館で展示されている「梅花の宴」の再現

新元号「令和」の典拠は、『万葉集』巻五に収められた「梅花の歌三十二首 序文」。大宰府展示館では、大伴宿禰家持の父、大伴宿禰旅人《おおとものすくねたびと》が開催した梅見の宴席を博多人形によって再現した展示をしている。

―太宰府（福岡県）―

青柳《あをやなぎ》
梅《うめ》との花《はな》を
折《を》りかざし
飲《の》みての後《のち》は
散《ち》りぬともよし

笠沙彌《かさのさみ》（巻五の八二一）

現代語訳）
青柳と梅の花とを手折って髪にさし……、楽しく飲んだその後は、散ろうがかまわんさ。

古代九州を統括した大宰府《だざいふ》政庁跡

7世紀後半から12世紀前半にかけて、現在の福岡県太宰府市には地方最大の役所「大宰府」が置かれ、対外交流の窓口、軍事防衛の拠点という重要な役割を担っていた。「令和」の元号がうまれるきっかけになった場所は、現在、史跡公園になっている。

〈藤原朝臣鎌足《ふじわらのあそみかまたり》〉何もかも手に入れた改革の立役者

我《あれ》はもや 安見児得《やすみこえ》たり
皆人《みなひと》の 得《え》かてにすといふ 安見児得《やすみこえ》たり

巻二の九五

現代語訳

私は采女《うねめ》の安見ちゃんを妻にすることができた。人が皆、得難《えがた》い得難い、と言っていた、あの安見ちゃんを手に入れたぞ。

えいやああ!!!!
中臣鎌足《なかとみのかまたり》
（のちの藤原鎌足）
中大兄皇子《なかのおおえのみこ》
（のちの天智天皇）
ザ
ンル
六四五年、乙巳の変ーー
権力を一手に握っていた
蘇我入鹿を
中大兄皇子と
中臣鎌足らが斬殺する
クーデターが起こるはー
キャーッ
わあああ
中臣鎌足は中大兄皇子と
ともに激動の時代を歩んでいく
六六三年、白村江《はくそんこう》の戦い
ワァァァ
ヒュッ
ヒュッ
ヒュン
ギャアアッ
アア
中大兄皇子率いる
日本軍は
新羅と唐の水軍と戦い
大敗する

上野'sEYE

恋の話に権力が絡む――。果たして、それは純愛か？　けれど、権力への志向のない人間などいないからなぁ？　恋と戦争、これは万葉のテーマだ。

日本はもっと国力をつけなければ侵略されてしまう
コクリ
鎌足！力を貸してくれるな？
この大敗により外国を意識した日本は防衛対策に力を入れた
六六七年新羅と唐の水軍に備えるため
中大兄皇子は飛鳥（奈良県）の都を近江国（滋賀県）に移す
ザッ
ザッ
ザッ
ザザッ
六六八年近江大津京で中大兄皇子は天智天皇として即位
そんな生馬の目を抜くような時代を生きてきた男の声が『万葉集』に残っている
それが……

やったー!! 安見ちゃんを手に入れたぞー！
わっ
バッ
ハハハ！ 可愛いやつだ!!
采女《うねめ》を妻に迎えたときの喜びの歌だった
さあ 鎌足様どうぞ
にこっ
うむ
トクトクトク
采女は天皇のそば近くで女官として仕えている地方豪族の娘で
ほー…
いいな…
当時、臣下が采女と恋仲になることは死刑とされていた
手が届かないと思っていた采女を妻にできるとは!!
鎌足はこの歌によって古参の豪族たちに権力を示したのかもしれない

特別に許された結婚は帝《みかど》の厚い信頼の証《あかし》

「高嶺《たかね》の花」を手中に収め声高に叫びたい

わずか三十一文字の歌に「安見児《やすみこ》得たり」が二度もくり返されている。安見児を妻にできたことがよほどうれしかったのだろう。まして や、まわりの人たちが皆、口をそろえて手に入れるのは難しいと言っていた女性だ。誇らしげな気持ちがひしひしと伝わってくる。

では、これほどに中臣《なかとみの》（藤原《ふじわらの》）鎌足《かまたり》を狂喜させた相手の「安見児」とは、どのような女性なのだろうか。「安見児」は、地方の豪族から宮廷に出仕して、天皇に仕える采女《うねめ》の一人だった。「安見」とい

【歌人紹介】

藤原朝臣鎌足《ふじわらのあそみかまたり》（中臣鎌足《なかとみのかまたり》）

（六一四〜六六九）

元の名前は中臣鎌足。飛鳥京時代の政治家。六四五年に、中大兄皇子《なかのおおえのみこ》（のちの天智《てんじ》天皇）らと共に「乙巳《いっし》の変」を実現させ、その後も皇子を支えて、政治改革を進め、律令体制を築いた。こうした功績により、天智天皇から「大織冠《だいしょくかん》」という最高の冠位と藤原姓を与えられている。

【キーワード】

大化の改新

以前の教科書では、六四五年六月十四日に、鎌足らが蘇我入鹿《そがのいるか》を暗殺し蘇我氏を滅亡させたクーデターを「大化の改新」としていた。しかし現在は、厳密にこのクーデターを「乙巳の変」、それをきっかけに実施された政治改革のことを「大化の改新」というようになった。

うのは出身地名だと考えられる。各地の地方から宮廷に出仕する采女は、出身地で呼ばれることが通常だったようだ。「児」は愛称のようなもの。さしずめ、「やすみちゃん」というところだろうか。

采女は、天皇のすぐそばで仕える女官だ。どの地方とも、随一の美女を都に送ったに違いない。今でいう、ミス安見を妻にできたようなものだから、鎌足が有頂天《うちょうてん》になるのも無理のない話だった。

天皇から授けられた最高の栄誉

そして、もう一つ、鎌足が自慢げになる理由がある。采女とは、天皇に仕えるために宮廷に献上された女性なので、采女と深い仲になるのは、天皇に対する最大の侮辱行為とされ、即、死罪の重罪だった。鎌足が安見児を妻にすることができたのは、天皇から特別にお許しがあったからにほかならない。鎌足は中大兄皇子《なかのおおえのみこ》（のちの天智《てんじ》天皇）らと協力して、天皇をしのぐほどの権力を誇示していた蘇我《そが》氏を討ち、その後、天皇を中心とする律令国家を確立させた「大化《たいか》の改新《かいしん》」の立役者だ。そうした宮廷への貢献が評価され、采女を妻にするという最高の栄誉を得ることができた。これ以上ない歓喜がこの歌からあふれている。

【豆知識】
一大勢力をなした藤原氏の祖

藤原姓を与えられた鎌足を祖とするのが、歴史の教科書でもおなじみの藤原氏。奈良京時代に勢力を拡大させ、平安京時代には代々、娘を天皇の正室にして、政治の実権を握るようになり、いわゆる摂関政治を行った。十一世紀前半には、朝廷の要職をほぼ独占していたという。

万葉スポット

悲しい物語が残る場所

采女《うねめ》神社（奈良県奈良市）

天皇からの寵愛《ちょうあい》が衰えたことを悲観し、猿《さる》沢池《さわのいけ》に入水した采女の霊を慰めるため建立された。身を投げた池を見るのはつらいと、采女が一夜で社を後ろ向きにしたと伝えられる。

奈良京時代

〈大伴宿禰旅人《おおとものすくねたびと》〉酒と歌に生きる軍人貴族

験《しるし》なき 物《もの》を思《おも》はずは
一坏《ひとつき》の 濁《にご》れる酒《さけ》を 飲《の》むべくあるらし

巻三の三三八

現代語訳

悩んでも仕方のないことを
くよくよ思っているぐらいなら
……この一杯の濁った酒を
飲んでいるほうが、よほどまし。

おーい、旅人殿！
一人で酒を飲んでも
楽しくないですよ！
……
そうだな
楽しくなくっちゃ
人生じゃない！
飲もう！
二〇一九年
新元号「令和」の
典拠となったのは
『万葉集』巻五「梅花の歌三十二首」
の序文
時に、初春《しょしゅん》の令月《れいげつ》にして、
気《き》淑《よ》く風《かぜ》和《やはら》ぐ
それは旅人宅の
梅花の宴で
歌を詠みあう一幕だった
梅《うめ》は鏡前《きやうぜん》の粉《ふん》を披《ひら》き、
蘭《らん》は珮後《ばいご》の香《かう》を薫《かを》らす

くよくよするな。今はこの酒を楽しもう

大好きな酒で自分を慰めて

大伴旅人《おおとものたびと》は、よほどの酒好きだったといわれているが、それはわからない。しかし、お酒には〝酒の徳〟があると考えられていた。『万葉集』には「大宰帥大伴卿《だざいのそちおおとものきょう》、酒を讃《ほ》むる歌十三首」が残されており、この歌はそのなかの一首。十三首のなかには、「酒壺になりたい。そうすれば、ずっと酒につかっていられるだろう」（なかなかに　人《ひと》とあらずは　酒壺《さかつぼ》に　成《な》りにてしかも　酒《さけ》に染《し》みなむ　巻三の三四三）と詠んでいるほどだ。

【歌人紹介】

大伴宿禰旅人《おおとものすくねたびと》（六六五〜七三一）

奈良京時代の政治家で歌人。大伴宿禰安麻呂《おおとものすくねやすまろ》の長男で、『万葉集』を編集した大伴宿禰家《おおとものすくねやか》持《もち》の父。大宰府には、隼人《はやと》の乱の鎮圧のためと、大宰府の長官・大宰帥として二度赴任している。七三〇年に大納言《だいなごん》に昇進して帰京。『万葉集』には、長歌一首と短歌五十三首が残されている。

【キーワード】

濁れる酒

ざるか布でこしただけの白濁した酒。現在のどぶろくのようなもの。奈良京時代には濁り酒だけでなく、澄み酒もあったようだ。天平初期の文献に「清酒《すみさけ》」の表記が見られるほか、古くは飛鳥京時代の遺跡からも「須弥酒《すみさけ》」という表記が見つかっている。

人はさまざまなシーンで酒を飲みたくなるものだが、この歌を詠んだ時の旅人はどうだったのだろう。旅人はこの歌を、赴任地の大宰府で詠んでいる。のちに菅原道真《すがわらのみちざね》が左遷された地としても知られている土地だ。

しかし、旅人は左遷などではない。もちろん、故郷を恋しく思ったから、望郷の歌も詠んでいる。「験《しるし》なき」とは、役にも立たないという意味。考えても仕方のない、そんなつまらないことを考えるぐらいなら一杯の濁った酒を飲むほうがマシ、と強がって見せている。弱気になる自分と、それを慰める自分。二つの人格がこの歌のなかで交錯して見えるようだ。

新元号の出典も酒宴の席が舞台

旅人は軍事を司《つかさど》る大伴氏の長。近年では新元号「令和」の出典『万葉集』巻五の梅花の歌三十二首の序文で、一躍有名になった。舞台はやはり酒宴の席だ。「天候にも恵まれ、なんとも気持ちよい。こうして梅見の宴に気心の知れた友人たちも集まってくれた。さぁ、皆で梅をお題に歌でもつくろう」と、酒も入りご機嫌なようすがうかがえる。

【豆知識】愛妻家だった旅人

旅人が二度目に大宰府へ赴いたときは、妻の大伴郎女《おおとものいらつめ》と、まだ幼かった息子の家持を同行させている。しかし、着任からまもなく、妻を急な病で失った。よほどつらく悲しかったようで、亡き妻を慕う歌を十三首も残している。旅人の愛妻家ぶりが伝わってくる。

万葉スポット

嘆きの歌がうまれた港

鞆《とも》の浦《うら》（広島県福山市）

風待ち・潮待ちの港として栄え、旅人が大宰府へ向かうときもここを通った。亡き妻を慕う歌13首のうち、3首をここで詠んでいる。福山市の無形民俗文化財。

shirohima提供

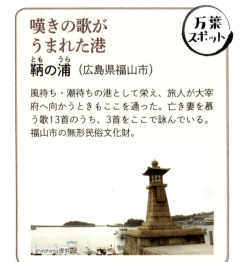

column

万葉のツボ①

『万葉集』基本用語解説

万葉集に記載されているのは歌だけではない。歌を読む際には、以下にも注目していくとより理解が深まるだろう。

【題詞《だいし》】

題詞とは、歌の前につけられた説明で、誰が、どこで、いつつくった歌なのかなど、歌ができたときのようすが書かれている。題詞は、おおよそ編纂者《へんさんしゃ》がつけたものと考えてよいが、その元になった文献を編纂者が見てつけている場合もある。

【序文】

序文とは、歌の序となっている文章のことで、漢文によって歌を読むために必要な情報などが書かれている。中国文学に精通していた文人たちは、中国文学にならって、序文を歌につけることもあった。

【左注】

左注とは、歌の左側につけられる注のことで、編纂者が知りえている情報や、編纂者が疑問に感じていることがらを記している。

Part 1

激動の時代を生きた人々

古墳時代

〈磐姫皇后《いわのひめのおおきさき》〉夫の帰りを、首を長くして待つ皇后？

君《きみ》が行《ゆ》き　日長《けなが》くなりぬ
山尋《やまたづ》ね　迎《むか》へか行《ゆ》かむ　待《ま》ちにか待《ま》たむ

巻二の八五

現代語訳

あなたが行幸に出られて
長い長いときが過ぎました。
山に尋ねて、
迎えに行きましょうか。
それとも、ずっとずっと
待ちに待ち続けましょうか。

『万葉集』では「待つ女」として描かれている磐姫皇后
磐姫皇后《いわのひめのおおきさき》
この磐姫皇后の歌はまさに待つ女の文学！って感じがしていいなぁー
健気に仁徳天皇の帰りを待つ姿が目に浮かぶようだ
ワイ
ワイ
キラーン
よしよし　いい感じだ
グッ
藤原鎌足の息子
藤原不比等《ふひと》

上野'sEYE

どんな歌でも、歌はことばでつくられたイメージだ。テレビコマーシャルも、音楽と共に歌が無ければ成り立たない！

嫉妬深いはずの皇后が控えめな「待つ女」に

ほかの妻を宮中にまったく近づけさせず

『古事記』や『日本書紀』に登場する磐姫皇后《いわのひめのおおきさき》は、とにかくおっかない。激しい嫉妬の炎を燃やし、夫である仁徳《にんとく》天皇のほかの妻たちを一切宮中に近づけないばかりか、ほかの妻のことを少しでも口にしようものなら、地団駄を踏んで怒ったという。

たとえば、新嘗祭《にいなめのまつり》で使う御綱柏《みつながしわ》の葉を採集するために磐姫皇后が留守にしていたすきに、仁徳天皇が八田皇女《やたのわきいらつめ》を宮中に入れたことがあった。それを知った磐姫皇后は火のように怒り、御綱柏の葉

【歌人紹介】

磐姫皇后《いわのひめのおおきさき》（?～三四七）

第十六代・仁徳天皇の皇后であり、履中《りちゅう》・反正《はんぜい》・允恭《いんぎょう》三天皇の生母。奈良県葛城《かつらぎ》山のふもと（奈良県御所市付近）を本拠地として強大な勢力を誇った葛城《かづらき》氏の葛城襲津彦《かづらきのそつびこ》の娘。それまでの慣例であった皇族出身ではない、初めての氏族出身の皇后となる。

【豆知識】

正妻の許可が必要な「一夫多妻」

かって天皇は複数の妻をめとることができた。しかし古代においては、正妻の皇后の同意なしに、宮廷に新しい女性を入れてはならないという慣習があったようだ。さらにその女性を、皇后に続く「妃《きさき》」「夫人《ぶにん》」「嬪《ひん》」のどの地位につけるかも相談しなければならなかった。

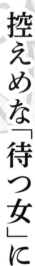

を海に投げ捨ててしまったと『古事記』にある。

この歌は磐姫皇后イメージアップの歌？

ところが、『万葉集』のこの歌を含む四首の相聞歌《そうもんか》はどうだろう。夫を死ぬほど恋い慕い、待ち続けると詠んでいる。何ともしおらしく、まるで別人のようなのだ。

なぜこれほどまでに違うのか？　それはいまだ解けていない謎だが、この四首は元は別々の歌で、あるタイミングで組み合わされたという説が有力なようだ。しかもそれらの歌の作者は磐姫皇后ではなく別の人間で、歌が完成したあと彼女が作者として選ばれたのではないか、といわれている。

この時代、皇后は皇族から、という宮廷社会の習慣があった。中《なか》臣《とみの》（藤原《ふじわらの》）鎌足《かまたり》の子、藤原《ふじわらの》朝臣《あそみ》不比等《ふひと》はその習慣を打ち破り、娘の光明子《こうみょうし》（のちの光明皇后）を皇后にと考えていた。そのために過去にも氏族出身で立派な皇后が居たと宣伝したかったが、嫉妬の権化のような人が先例では都合が悪いと、藤原氏が優しい磐姫皇后像をつくろうとした歌なのではないかというのだ。もしかしたら、イメージアップキャンペーンが行われていたのかもしれない。

【キーワード】

新嘗祭《にいなめのまつり》

今日にも伝わる重要な宮中祭祀《さいし》の一つで、今年の収穫を祝い、来年の豊作を祈願する祭礼。古くは旧暦十一月の第二の卯《う》の日に行われていたが、明治時代以降、十一月二十三日に定められた。現在は「勤労感謝の日」として、国民の祝日になっている。

万葉スポット

世界三大墳墓の一つの古墳

大仙陵《だいせんりょう》古墳（大阪府堺市）

第十六代仁徳天皇は、善政を行った理想的な天皇とされている。その陵墓と考えられている大仙陵古墳は世界最大級。2019年、世界文化遺産に登録された。

古墳時代

〈雄略天皇《ゆうりゃく》〉国土を統一した古代の英雄

籠《こ》もよ　み籠《こ》持《も》ち
ふくしもよ　みぶくし持《も》ち
この岡《をか》に　菜《な》摘《つ》ます児《こ》
家《いへ》告《の》らせ　名《な》告《の》らさね
そらみつ　大和《やまと》の国《くに》は
おしなべて　我《われ》こそ居《を》れ
しきなべて　我《われ》こそいませ
我《われ》こそば　告《の》らめ
家《いへ》をも名《な》をも

巻一の一

現代語訳

いやあ、よい籠をもっていらっしゃるし、よいへらをもっていらっしゃいますね。

この岡で若菜を摘んでいらっしゃるお嬢さんがた、家をおっしゃい、名前をおっしゃいな。

この大和の国はすべて、私が君臨している国。隅々まで私が治めている国なのですぞ。

ならば、私から名乗りましょう。家のことも名前のこともね。

求婚は大和の国の春を告げる年中行事

二十巻ある『万葉集』の栄えある一首目が、この雄略《ゆうりゃく》天皇の歌だ。『万葉集』がつくられた奈良京時代の人たちからすると、雄略天皇は国土を統一した英雄。彼の歌を最初に置くことで、『万葉集』の権威づけを図ったと考えられている。

しかし歌の内容といえば、若菜を摘む女性に「お嬢さんがた、家をおっしゃい、名前をおっしゃい」と、ナンパのごとく声をかけている。しかも、「私はこの大和の国の隅々まで治めている者だよ」と地位を振りかざし、現代なら何とも嫌味な男性だといえよう。

男性が女性の元へ通う「通《かよ》い婚《こん》」だった時代。男性が女性の名前と住まいを尋ねることは求婚を、女性が名前と住まいを明かすことは結婚承諾を意味した。

じつは、天皇のこの求婚は、大和に春を告げる年中行事だった。新春の若菜摘みは、豊作を祈願する農耕儀礼であり、そこに帝が出座し求婚するのは、この国の繁栄を祈願する儀式だ。毎年、お決まりのこととして、この歌のようなお声がけがなされたのだろう。ただのナンパではないのだ。

【歌人紹介】
雄略《ゆうりゃく》天皇（生没年不詳）

五世紀後半に在位した第二十一代天皇。允《いん》恭《ぎょう》天皇の第五皇子で、名は大泊瀬稚武《おおはつせわかたけ》。中国の歴史書『宋書《そうじょ》』の倭国《わこく》伝に見える倭の五王の一人。稲荷山《いなりやま》古墳（埼玉県行田市）から出土した鉄剣の銘文にある「ワカタケル大王」は雄略天皇のことだとされる。

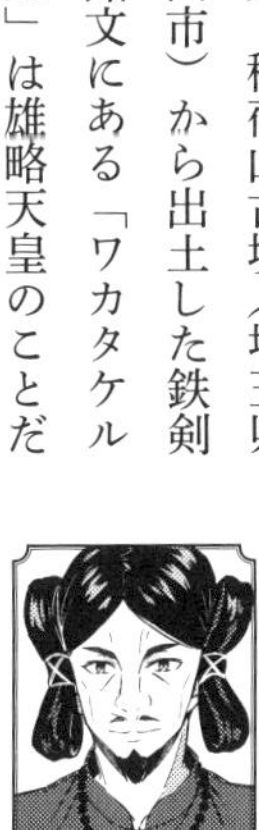

万葉植物図鑑

芽吹きのエネルギーをいただく

若菜

早春の野に顔を出す、食用の野菜や菜の新芽。万葉びとは、自然と芽吹くようすを霊の力だと信じていたようで、若菜を摘んで食することでその生命力を体内に取り込もうと考えた。

〈舒明《じょめい》天皇〉万葉時代の幕開けとなる理想の天皇

大和《やまと》には　群山《むらやま》あれど
とりよろふ　天《あめ》の香具山《かぐやま》
登《のぼ》り立《た》ち　国見《くにみ》をすれば
国原《くにはら》は　煙《けぶり》立《た》ち立《た》つ
海原《うなはら》は　かまめ立《た》ち立《た》つ
うまし国《くに》そ　あきづ島《しま》
大和《やまと》の国《くに》は

巻一の二

現代語訳

大和にはたくさんの山があるけれども、多くの精霊たちが集まってくる天の香具山に、天皇みずからが登って国見をすると、国原からは煙が立ちのぼり、海原からはカモメが飛び立っている。この大和の国は立派な国だ。

平和で豊かな理想の国土を描く

じつは、真の万葉時代は舒明《じょめい》天皇の代から始まったと考えられている。舒明天皇は第三十四代天皇で、推古《すいこ》天皇の没後、聖徳太子の子である山背大兄王《やましろのおおえのおう》と皇位を争ったが、蘇我蝦夷《そがのえみし》に擁立されて即位した。第一回の遣唐使を派遣し、百済《くだら》や新羅《しらぎ》とも関係を深めたとされる。在位年数は十三年。在位中は、蘇我《そが》氏の全盛期。政情は平穏だったとされ、この歌はその舒明天皇が大和三山の一つ「天《あめ》の香《か》具山《ぐやま》」を登り、「国見」をしている歌だ。

大和三山で一番高いのは畝傍山《うねびやま》だが、なぜ香具山だったのか。古代には、香具山は天から降ってきたという伝承があった。香具山に「天の」がつくのも、その言い伝えによるものだ。

しかし海のない大和（奈良県）の、しかも標高わずか百五十二メートルの香具山から海原が望めたのだろうか。ここに描かれる風景は、実際に見たものではなく、心の眼で見た風景なのだろう。立ちのぼる炊事の煙は五穀豊穣《ごこくほうじょう》を意味し、海原のカモメは、そこにたくさんの魚がいることを表現している。平和で、とても豊かな理想の国土。祈りをこめて、高らかにわが国を礼賛している。

【歌人紹介】

舒明《じょめい》天皇（五九三～六四一）

第三十四代天皇。父は押坂彦人大兄皇子《おしさかひこひとのおおえのみこ》で、第三十代天皇敏達《びだつ》天皇の孫にあたる。舒明の死後はさまざまな事情から皇后の宝皇女《たからのひめみこ》が即位し、第三十五代皇極《こうぎょく》天皇となる。その後、「大化《たいか》の改新《かいしん》」で皇極天皇は弟に譲位し、第三十六代孝徳《こうとく》天皇が即位。のちに孝徳天皇は舒明天皇の子にあたる中大兄皇子《なかのおおえのみこ》と対立し、六五四年に難波宮《なにわのみや》で死去したことから、退位していた皇極天皇がふたたび第三十七代斉明《さいめい》天皇として即位した。

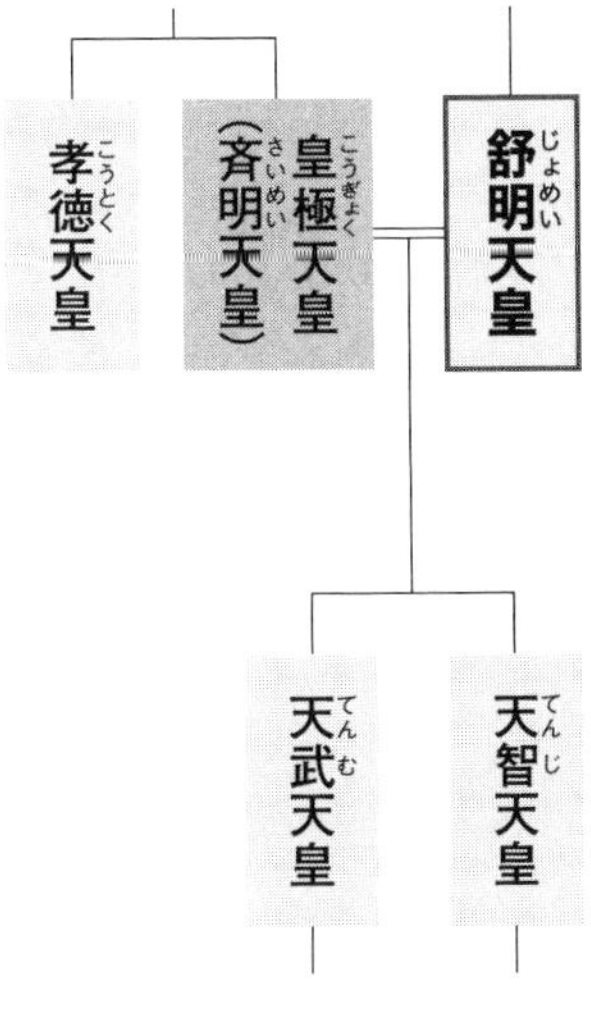
舒明《じょめい》天皇
皇極《こうぎょく》天皇
（斉明《さいめい》天皇）
孝徳《こうとく》天皇
天智《てんじ》天皇
天武《てんむ》天皇

〈中大兄皇子《なかのおおえのみこ》〉日本に転機をもたらした、アグレッシブ天皇

香具山《かぐやま》は　畝傍《うねび》ををしと
耳梨《みみなし》と　相争《あひあらそ》ひき
神代《かみよ》より　かくにあるらし
古《いにしへ》も　然《しか》にあれこそ
うつせみも　妻《つま》を　争《あらそ》ふらしき

巻一の一三

現代語訳

香具山は畝傍山を横取りされるのが惜しいと耳梨山と争った。神代からこうなので、いにしえもそうだった。今の世も妻を争うらしい。

注目したい、飛鳥びとの歴史観

畝傍山《うねびやま》をめぐって、香具山と耳成山《みみなしやま》が争う。きれいな三角を描いて位置する大和三山だが、文字どおり「三角関係」にあったのだ。

大和三山妻争いの伝説が題材の歌だが、中大兄皇子《なかのおおえのみこ》が額田王《ぬかたのおおきみ》をめぐり、実弟・大海人皇子《おおあまのみこ》と恋争いをしたことを暗に詠んだ歌だと解釈されることも少なくない。だが、それは俗説だ。

中大兄皇子といえば、蘇我《そが》氏を滅ぼし「大化の改新《たいかのかいしん》」を断行したことで有名だ。親交のあった百済《くだら》の遺臣からの要請を受け軍を派遣した「白村江《はくそんこう》の戦い」では、唐・新羅《しらぎ》連合軍に敗戦したものの、それを教訓に自国の防備に力を入れている。のちに近江《おうみ》（滋賀県）に遷都し即位すると、わが国初の法典である「近江令《おうみりょう》」や戸籍にあたる「庚午年籍《こうごねんじゃく》」を整えるなど、じつにアグレッシブな天皇だった。

こうした激動の時代を駆け抜けた中大兄皇子が、神話の時代の「神代」、神代から続く「いにしえ」、そして自分が生きている今の時代「うつせみ」という時代区分を認識していたことが、この歌からわかるのが興味深い。人はどの時代にあっても、恋をして、それに悩み死にゆくものなのだなぁ、といったところなのだろう。

【歌人紹介】

中大兄皇子《なかのおおえのみこ》（六二六〜六七一）

舒明《じょめい》天皇を父とし、皇極《こうぎょく》天皇（斉明《さいめい》天皇）を母とする。六四五年六月に、中臣《なかとみの》（藤原《ふじわらの》）鎌足《かまたり》らと蘇我氏を滅ぼし、「大化の改新」を断行。天皇を中心とする中央集権を確立させた。六六七年に大津京に遷都した翌年、第三十八代・天智《てんじ》天皇として即位している。

万葉スポット

かつては噴火もあった山

畝傍山《うねびやま》（奈良県橿原《かしはら》市）

大和三山のなかで最も高く、標高は199.2メートル。瀬戸内火山帯に属する火山で、噴火したときは今の2倍以上の大きさだったという。ふもとに初代・神武《じんむ》天皇陵がある。

〈額田王《ぬかたのおおきみ》〉二人の皇子に愛された女性歌人

あかねさす　紫草野《むらさきの》行《ゆ》き　標野《しめの》行《ゆ》き
野守《のもり》は見《み》ずや　君《きみ》が袖《そで》振《ふ》る

巻一の二〇

現代語訳

ムラサキを栽培している紫草の野をあちらへ行き、こちらへ行きして、見張り番が見ているではありませんか。あなたが袖をお振りになる姿を。

蒲生野《がもうの》（滋賀県東近江市）
天智天皇は次期天皇に指名していた弟・大海人皇子《おおあまのみこ》額田王、中臣鎌足などの近臣を連れて遊狩に来ていた
額田王《ぬかたのおおきみ》
お〜い！
大海人皇子《おおあまのみこ》（のちの天武天皇）

上野'sEYE

こういう歌が公になるということは、二人のことを当時の人々が話題にもし、みんなが関心をもっていたということをあらわす。スターのゴシップは、話題になりやすいのだ。今も昔も。

紫草《むらさき》の にほへる妹《いも》を
憎くあらば
人妻故《ゆゑ》に 我《あれ》恋ひめやも
巻一の二一
訳）
紫草のように美しいあなた、今は人妻だけど、恋しさに堪えがたくて袖を振るのだ
額田王と大海人皇子には
十市皇女《とおちのひめみこ》という娘がいる
二人はかつて
恋仲だった
しかしその後
額田王は天智天皇の
後宮に入ったとされる
どうした
何かあるのか？
カッ
カッ
？
!!
い…いいえ、
誰もいませんわ！
？
ブン
ブン
くるり
おっと！
この歌は兄、弟、額田王の
スリリングな三角関係を
連想させる

ただ、額田王が天智天皇の妻の一人だったという記録はない
よって歌をもって天智天皇に仕える宮廷歌人のような立場だったと考えられている
この歌も遊狩のあとの宴で詠まれた
ブンブン
もっと恋しそうに!
歌謡劇のようなものだった可能性もある
真実は誰にもわからない

愛を求められても私はもう、人の妻

宮廷で豊かな歌才が開花

時代が時代なら、ワイドショーの格好の標的にされたであろう女性が額田王《ぬかたのおおきみ》だ。『日本書紀』の天武《てんむ》天皇の記事に、額田王について「鏡王《かがみのおおきみ》の娘で、最初は大海人皇子《おおあまのみこ》（のちの天武《てんむ》天皇）に嫁ぎ、十《とお》市皇女《ちのひめみこ》をうんだ」とあるのだが、その後、大海人皇子の兄である天《てん》智《じ》天皇に召されて後宮に入っている。二人の皇帝から愛されるとは、よほど美しい女性だったのだろうか。はっきりとわかっているのは、彼女の秀でた歌の才能だ。

【歌人紹介】

額田王《ぬかたのおおきみ》（生没年不詳）

飛鳥京時代の歌人。鏡王《かがみのおおきみ》の娘と伝えられるが、その系譜は不明。中臣《なかとみの》（藤原《ふじわらの》）鎌足《かまたり》の妻である鏡王女《かがみのおおきみ》が姉だという説もある。最初の夫・大海人皇子《おおあまのみこ》との間にうまれた十市皇女《とおちのひめみこ》は、のちに天智《てんじ》天皇の子・大《おお》友皇子《とものみこ》の妻となった。『万葉集』には長歌三首、短歌十首が残されている。

【豆知識】

蒲生野《がもうの》

琵琶湖の東岸、現在の滋賀県東近江《ひがしおうみ》市、近江八幡《おうみはちまん》市あたりに広がる皇室の御料地（所有地）だった野。蒲生の由来は、やけどに効くガマが自生していたことからとされる。古代中国の風習にならって、薬の材料となる動物や薬草をとる「薬猟《くすりがり》」が行われた。

額田王は、斉明《さいめい》天皇（皇極《こうぎょく》天皇*重祚《ちょうそ》）から天智天皇の時代に活躍した宮廷歌人。さまざまな宮廷行事の宴に出て、歌を詠む役割を担った。天智天皇が、宴の余興として参会者に「花咲き乱れる春の山と、色とりどりの紅葉の山とどちらが美しいかをテーマに漢詩をつくれ」と命じたとき、額田王は見事な長歌で応えた（巻一の一六）。ときと場所、自分に求められていることをとっさに詠んだのだ。

スリリングな愛のやりとり

額田王の歌は優美で格調高い。そしてときには甘美で情熱的に愛を歌う。この歌もその一首だ。天智天皇が蒲生野《がもうの》で狩りをしたとき、額田王の元夫の大海人皇子も同行していた。天皇の目を盗んでは、ちょっかいをかけてくる元夫に対し「あなたがしきりと袖を振るので、野の番人も見ているではありませんか」と額田王。「袖を振る」とは求愛の行為。それに「紫草のように美しいあなた。今はもう人妻なのに、恋しさに堪え難く、袖を振るのだ」（紫草《むらさき》の　にほへる妹《いも》を　憎《にく》くあらば　人妻故《ひとづまゆゑ》に　我恋《あれこ》ひめやも　巻一の二一）と大海人皇子が返している。現在の夫・天智天皇が近くにいるなかで、密かに交わされる愛の歌。現代の私たちもドギマギしてしまう。

＊重祚……退位した天皇が再度即位すること。

【美しいことば】

あかねさす

赤い色がさして、美しく照り輝くという意味から「日」「昼」に、紫色が赤みを帯びていることから「紫」に、そして照り映えて美しいという意味から「君」にかかる枕詞《まくらことば》。ここでは、「紫野」にかけたのではとも考えられる。

万葉植物図鑑

高貴な「紫」の染料に欠かせない植物

紫草《むらさき》

古くからやけどや湿疹、外傷に処方されてきた紫草。高貴な色「紫」の染料として珍重されてきた。初夏に純白の小さな花が咲く。染料の原料には根が使われる。

〈天《てん》武《む》天皇〉雪を見て大はしゃぎする改革の覇者

我《わ》が里《さと》に　大雪《おほゆき》降《ふ》れり
大原《おほはら》の　古《ふ》りにし里《さと》に　降《ふ》らまくは後《のち》

巻二の一〇三

現代語訳

わが里に大雪が降ったぞ！
おまえさんのいる大原の
古ぼけた里に降るのはまだ
あとのことだろうけどね。

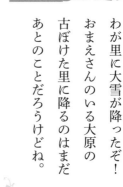

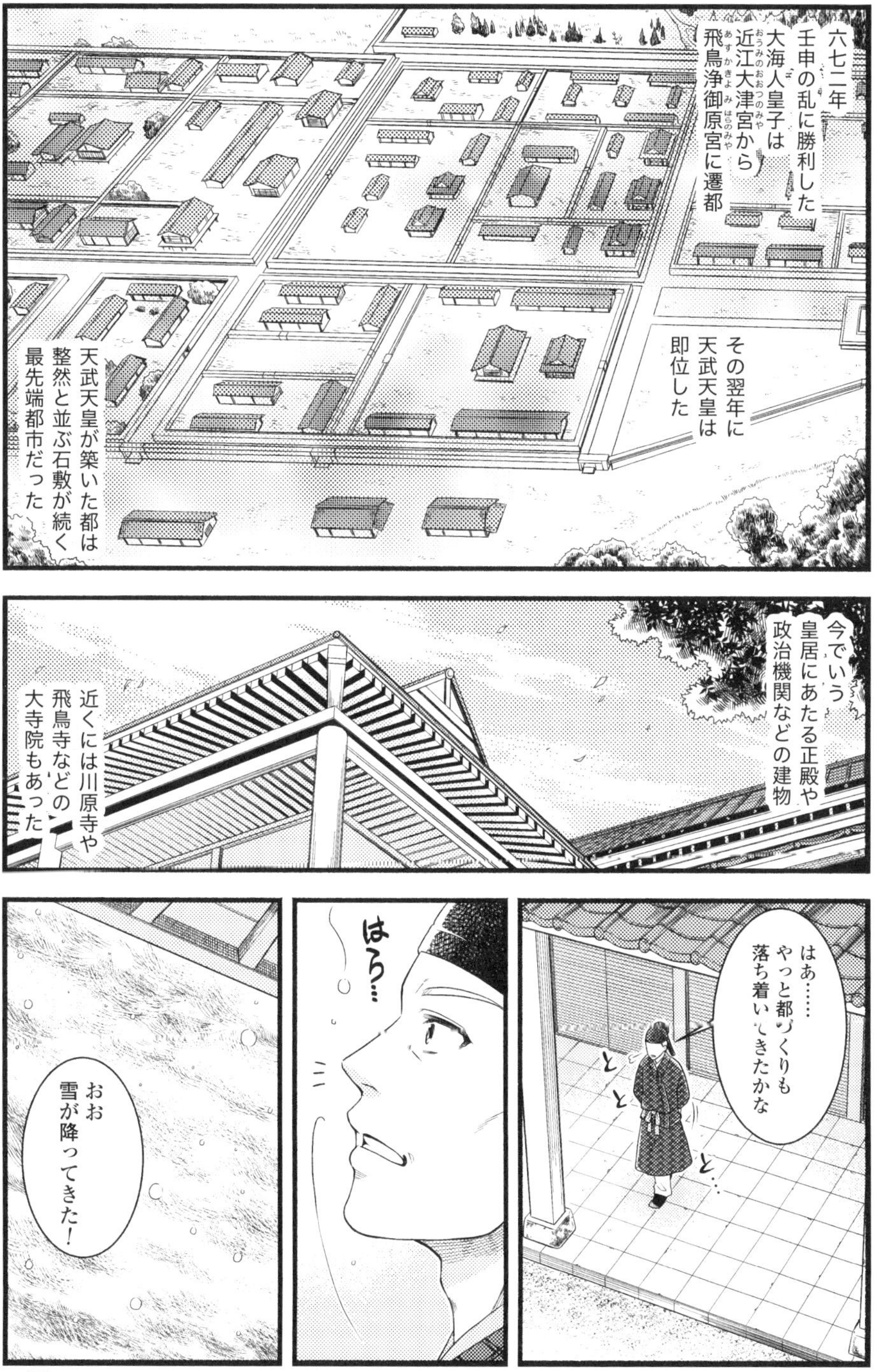
六七二年
壬申の乱に勝利した
大海人皇子は
近江大津宮《おうみのおおつのみや》から
飛鳥浄御原宮《あすかきよみはらのみや》に遷都
その翌年に
天武天皇は
即位した
天武天皇が築いた都は
整然と並ぶ石敷が続く
最先端都市だった
今でいう
皇居にあたる正殿や
政治機関などの建物
近くには川原寺や
飛鳥寺などの
大寺院もあった
はあ……
やっと都づくりも
落ち着いてきたかな
と
と
と…
はろ…
おお
雪が降ってきた！

上野'S EYE

幸せな二人のやりとりを見ているとほほえましく思えてくる。しかし万葉の時代は、けっして平和な時代ではなかった。それでも、人は楽しく歌う。

雪見デートでもしたいもんだ
藤原鎌足の娘
藤原夫人《ふじわらのぶにん》
ぽん
わが里には雪が降ったぞ おまえのいる大原の古ぼけた里に雪が降るのは
もっとあとだろうけど！
さら
さら
はい、よろしく～♪
どんな顔をするだろうな！
ニマ
ニマ

あきれた
きっと自分がつくった
都を自慢したいのね
よ〜し！
その高い鼻を
へし折ってあげるわ！
かさっ
さらら
我《わ》が岡《をか》の
龗《おかみ》に言ひて
降らしめじ
雪の摧《くだ》けし
そこに散りけむ
巻二の一〇四
ぱあ
おお〜！
さすがの
切り返し！
訳）
何をおっしゃるの！ 私のいる
大原の岡の竜神に頼んで降
らせた雪のあまりがそちらに
降ったんじゃないのかしら
じゃあ次は……
わく
わく
歩いてすぐなんだから
直接やって
くれないかなぁ
っはぁ〜〜…
大原
歩いて
10分くらい
飛鳥浄御原宮

そっちはまだ降ってないだろう、ですって? その雪は、こちらで降らせた雪のかけらよ

雪見を楽しむ文化をもっていた万葉びと

大和を中心とする近畿地方で雪が降るのは、万葉の時代にも珍しかった。そういう土地の人が、大雪を見てはしゃいでしまうのは万葉びとも同じだったらしい。そして、花見や月見と同じように、雪見を楽しむ文化もあったようで、愛しい人を雪見に誘う歌も『万葉集』に残されている。

ある日、飛鳥浄御原宮《あすかきよみはらのみや》の置かれた明日香《あすか》に大雪が降った。それを見た天武《てんむ》天皇は「わが里に大雪が降ったぞ!」と大喜び。この高

【歌人紹介】

天武《てんむ》天皇(?～六八六)

舒明《じょめい》天皇の第三皇子。生母は皇極《こうぎょく》天皇(斉明《さいめい》天皇)。兄・天智《てんじ》天皇の政治を支え、六六八年に皇太子となるが、天智天皇の子・大友皇子《おおとものみこ》が太政大臣になると退位、吉野に隠棲《いんせい》する。天智天皇が死去した翌年に壬申《じんしん》の乱を起こし、大友皇子を打倒、六七三年に飛鳥《あすか》浄御原宮《きよみはらのみや》で即位。

【豆知識】

藤原夫人《ふじわらのぶにん》はゴッドマザー?

藤原夫人は、通称「大原大刀自《おおはらのおおとじ》」といった。刀自とは、年配の女性を指すので、さしずめ「大原の大おばさま」。天武天皇の死後は、異母兄の藤原不比等《ふじわらのふひと》の妻となり、藤原朝臣麻呂《ふじわらのあそみまろ》の母となった。英雄・中臣《なかとみの》(藤原《ふじわらの》)鎌足《かまたり》を父にもち、さぞ藤原氏のなかで幅をきかせたことだろう。

まる気持ちを愛しい誰かと共有したくなり「あなたのいる大原の古ぼけた里に降るのは、まだこれからだろうね」と歌を送った。この大原は、京都の大原ではなく、飛鳥寺の東の地域を指す。そこに住むのは、天武天皇の妻の一人・藤原夫人《ふじわらのぶにん》。大化の改新の立役者である中臣《なかとみの》（藤原《ふじわらの》）鎌足《かまたり》の娘だ。ちなみに「夫人」とは、天皇の妻の身分を示すことば。「皇后」「妃《きさき》」に続く位だが、皇族出身ではない彼女には最高位だっただろう。

憎まれ口も交えた無邪気なやりとり

さて、このような歌を送られた藤原夫人は「何言ってるの。この雪は、私がこの岡の竜神に言いつけて降らせたのよ。あなたのところに降ったのは、その雪のかけらよ、かけら！　巻二の一〇四」と歌を返した。「ふるぼけた里」に、若くない妻への揶揄《やゆ》を感じて、そのお返しだろうか。ちょっと憎まれ口も交じった楽しい返歌だ。無邪気で楽しいやりとりから、親しい関係も見て取れる。会おうと思えばいつでも会える距離にいながら、使者を遣わせ、こんなたわいもない歌のやりとりをする二人。それは現代の私たちが、すぐ会える家族や友人にＬＩＮＥでメッセージを送るのと変わりないようだ。

【キーワード】

大原

藤原夫人が住んでいた大原は、鎌足の生誕地であり、鎌足の母・大伴夫人《おおとものぶにん》の墓所が残されている地。現在は大原神社が建つ。鎌足の産湯《うぶゆ》に使われたと伝えられる井戸も、大原神社の奥、竹田川のほとりにある。ここから東に向かうと、鎌足ゆかりの談山《たんざん》神社だ。

万葉スポット

「乙巳の変」はじまりの舞台

飛鳥浄御原宮《あすかきよみはらのみや》（奈良県高市郡明日香村）

発掘調査により「乙巳《いっし》の変」が始まった飛鳥宮跡（伝飛鳥板蓋宮跡《でんあすかいたぶきのみやあと》）に、飛鳥京時代の複数の宮が置かれたことが判明。天武天皇の「飛鳥浄御原宮」もここに造営されたようだ。

藤原京時代

〈持統《じとう》天皇〉藤原京遷都を実行した女帝

春《はる》過《す》ぎて　夏《なつ》来《きた》るらし
白《しろ》たへの　衣《ころも》干《ほ》したり　天《あめ》の香《か》具山《ぐやま》

巻一の二八

現代語訳

春が過ぎて……
夏がやって来たらしい。
なるほど、
真っ白な衣が干してある。
あの天の香具山に。

宮中を生き抜くことは生きるか死ぬか
私は姉の子 大津皇子《おおつのみこ》を罪におとしいれ死に追いやったが 生き抜くためには情けは無用……
持統天皇《じとう》
大津皇子
百伝《ももづた》ふ 磐余《いはれ》の池に鳴く鴨《かも》を 今日《けふ》のみ見てや 雲隠《くもがく》りなむ
巻三の四一六
それも息子を即位させるためだったのに——
息子、草壁皇子は死んでしまった……

上野'sEYE

人はときを生きる。過去から未来へと続く時間、もう一つは春夏秋冬のめぐり来るときを生きる。直線の時間と丸い時間だ。

毎年くり返される風景、季節の移ろいを感じる

真っ青な夏空に白い衣が映えて

「夏来《なつきた》るらし」の「らし」は、根拠のある推定を示す助動詞で、もはや断定に近い強い言い方。「真っ白な衣が干してあるわ。今年も夏が来たのね」という感じだろう。神聖な香具山に堂々と干している。普段着ではなく、祭事などに用いられた特別な衣だ。夏の到来と共に干されることが、年中行事の一つだったと考えられる。街でショップに水着が並び始めたり、かき氷の販売が始まったことを知らせる「氷」の文字を見たりすると、「あぁ、今年も夏が来たのか」

【歌人紹介】

持統《じとう》天皇（六四五〜七〇二）

天智《てんじ》天皇の第二皇女。大海人皇子《おおあまのみこ》の妻となり、壬申の乱でも皇子と行動を共にする。大海人皇子の即位と同時に皇后に。天武《てんむ》天皇そして皇太子の亡きあとに皇位に就いたほか、草壁皇子《くさかべの》の子（文武《もんむ》天皇）に譲位してからも、太上《だいじょう》天皇として政務を執った。

【豆知識】

天智天皇と天武天皇のはざまで

中大兄皇子《なかのおおえのみこ》（のちの天智天皇）の娘であり、いわば叔父である大海人皇子の妻となった持統天皇。壬申《じんしん》の乱では、夫が異母兄弟の大友皇子《おおとものみこ》を滅ぼして天武天皇として即位している。血で血を洗うような身内の争いが続くなか、政治家としてのたくましさを身につけたのだろうか。

と現代の私たちが感じるように、万葉びとたちにも季節の移ろいを感じる風景があったことを、この歌は教えてくれる。

新しい都の造営も誇らしく

この歌を詠んだ持統《じとう》天皇は、天武《てんむ》天皇の皇后だった。飛鳥浄御《あすかきよみ》原宮《はらのみや》での天武天皇の政治を支えていたという。天武天皇の死後、その跡を継ぐはずだった皇太子の草壁皇子《くさかべのみこ》をも亡くし、六九〇年にみずから皇位に就いた。夫の志を引き継ぎ、律令国家の確立を目指して、諸制度も整備。なかなかの政治手腕を発揮している。そして六九四年、藤原京へ遷都。実際に現地を訪れれば実感できるが、明日香《あすか》から藤原京はすぐそばだ。しかし、百年もの間、都が置かれた明日香から遷都することは、一大事業だったに違いない。

大和《やまと》三山に囲まれた平地の真ん中に造営された藤原宮。東に香具山、北に耳成山《みみなしやま》、そして西に畝傍山《うねびやま》を望むことができ、南は明日香に向かって開かれている。この新しい都の造営を成し遂げた持統天皇の胸中はどのようなものだっただろう。この歌の「白たへの衣干したり」の晴れやかな風景には、持統天皇の誇らしげな気持ちが重ねられているようだ。

【キーワード】

女帝

昨今、何かと話題の「女性天皇」。現行の皇室典範ではこれを認めていないが、歴史的には、八人十代の女性天皇が存在する。このうち、持統天皇など六人八代が、六世紀から八世紀のまさに万葉の時代の天皇だった。二度即位している二人の女帝もこの時代の人。

万葉スポット

日本初の本格的な都城

藤原京跡（奈良県橿原《かしはら》市）

中国の都城制を模して、日本ではじめての本格的都城が造営された藤原京。東西に約5.3キロメートル、南北に約4.8キロメートルの大きさは、平城京や平安京をもしのぐ。

〈柿本朝臣人麻呂《かきのもとのあそみひとまろ》〉才能でのし上がった宮廷歌人

やすみしし 我《わ》が大君《おほきみ》の
聞《き》こし食《を》す 天《あめ》の下《した》に
国《くに》はしも さはにあれども
山川《やまかは》の 清《きよ》き河内《かふち》と
御心《みこころ》を 吉野《よしの》の国《くに》の
花《はな》散《ぢ》らふ 秋津《あきづ》の野辺《のへ》に
宮柱《みやばしら》 太《ふと》敷《し》きませば
ももしきの 大宮人《おほみやひと》は
船《ふね》並《な》めて 朝川渡《あさかはわた》り
船競《ふなぎほ》ひ 夕川渡《ゆふかはわた》る
この川《かは》の 絶《た》ゆることなく
この山《やま》の いや高知《たかし》らす
みなそそく 滝《たき》のみやこは 見《み》れど飽《あ》かぬかも

巻一の三六

現代語訳

わが大君がお治めになる国々のなかでも、国はたくさんあるのだけれども、山も川も清らかな川沿いの地として御心を寄せた吉野の国の、豊かなる秋津の野辺に、宮柱をしっかりとお建てになられた。その宮殿に仕える人たちは、船を並べて朝の川を渡り、船を競って夕べの川を渡る。

この川の流れのように絶えることもなく、この山のように立派におつくりになった、水の流れ速き、滝の離宮は見ても見ても、見飽きることなどあろうはずもない——。

たびたび吉野への行幸《みゆき》に同行

柿本人麻呂《かきのもとのひとまろ》は、さほど身分の高い役人ではなかったらしいが、その歌才が高く評価され、持統《じとう》天皇と文武《もんむ》天皇の時代に宮廷歌人として活躍したようだ。「芸は身を助く」とはこのことだ。彼は宮廷行事にちなんだ歌を多く詠んでいる。

この歌の「わが大君」は持統天皇のことを指す。「吉野に宮柱を立て、山のように立派な離宮をつくられた」と吉野離宮を、さらには持統天皇をたたえている。吉野は、飛鳥京時代に斉明《さいめい》天皇（皇《こう》極《ぎょく》天皇重祚《ちょうそ》）が吉野宮をつくったことを皮切りに、奈良京時代にかけて何人もの天皇が訪れた地だ。なかでも、持統天皇の吉野への＊行幸は突出して多く、三十一回を数える。亡き夫の天武《てんむ》天皇が壬申《じんしん》の乱を起こす前に隠棲したときや、即位後も息子の草壁皇子《くさかべのみこ》を連れてここを訪ねている。同志ともいえる厚い信頼で結ばれた夫との、大切な思い出の地だったのだろう。そういった行幸の記録者として、柿本人麻呂もたびたび吉野を訪ねており、吉野離宮のすばらしさをたたえる歌をほかにも残している。

＊行幸……天皇の外出を敬っていう語

【歌人紹介】

柿本朝臣人麻呂《かきのもとのあそみひとまろ》（生没年不詳）

持統《じとう》天皇、文武《もんむ》天皇の時代に活躍した宮廷歌人。『万葉集』に、長歌が二十首、短歌が七十七首残されている。のちに「歌聖《かせい》」と仰がれたほど、雄大で繊細、深みのある歌風は、のちの和歌の伝統の礎《いしずえ》を築いたとされる。平安京時代に選定された三十六歌仙《かせん》の一人。

万葉スポット

流れ速き 吉野川のほとりに

宮滝《みやたき》遺跡《いせき》（奈良県吉野郡吉野町）

この遺跡は長く、吉野宮の有力候補地とされてきた。近年の発掘調査で、天皇の宮殿だけに認められた規格の大型建造物跡が見つかったことで、さらにその可能性を高めている。

吉野町文化観光交流課 文化財保存活用室／吉野歴史資料館 提供

奈良京時代

〈山部宿禰赤人《やまべのすくねあかひと》〉叙情的な風景を詠む天才

みもろの 神奈備山《かむなびやま》に
五百枝《いほえ》さし しじに生《お》ひたる
つがの木《き》の いや継《つ》ぎ継《つ》ぎに
玉葛《たまかづら》 絶《た》ゆることなく
ありつつも 止《や》まず通《かよ》はむ
明日香《あすか》の 古《ふる》き都《みやこ》は
山高《やまだか》み 川《かは》とほしろし
春《はる》の日《ひ》は 山《やま》し見《み》が欲《ほ》し
秋《あき》の夜《よ》は 川《かは》しさやけし
朝雲《あさくも》に 鶴《たづ》は乱《みだ》れ
夕霧《ゆふぎり》に かはづは騒《さわ》く
見《み》るごとに 音《ね》のみし泣《な》かゆ 古《いにしへ》思《おも》へば

巻三の三二四

現代語訳

神います森、カムナビ山に、数限りなく広がって枝の茂るツガの木ではないけれど、その名のごとく次々と、玉葛のように絶えることなく生き長らえて、私は通ってゆきたい。

明日香の古き都は、山高く、川は雄大。だから春の日は、山を望みたい。だから秋の夜は、川の清らかさを感じたい。朝雲に鶴が乱れ飛び、夕霧にカエルが騒ぐ、明日香。それを見るたびに、私は泣いてしまう。あの日々のことに思いをはせて。

神の宿る山から明日香を望んで

山部赤人《やまべのあかひと》の生い立ちについてはくわしく知られていない。聖武《しょうむ》天皇の行幸《みゆき》に同行しての歌が多く残されていることから、奈良京時代に活躍した宮廷歌人だと考えられている。

とはいえ、赤人のうまれは明日香。役人の定めで遷都と共に転勤になり、いやおうなく平城京に来たものの、多くの人がそうであったように、遠く離れてしまった都を懐かしんだのだろう。この歌では、半ば理想化した風景を描いて、すばらしいところだと故郷に思いをはせている。

題詞に「神岳《かみをか》に登りて」とあるので、歌のなかにあるカムナビの山から明日香を望んで詠んだものだとわかる。「カムナビ」というのは、「神なび」つまり「神のいますところ」という意味で、古代においては、山や岩、滝といった自然にその土地を支配する神が宿っていると考えられた。

その土地、その土地に「カムナビ」があった。そして、土地神のいる森がいわゆる「ミモロ」。森にいる土地神に対する特別な思いが伝わってくる一首だ。

【歌人紹介】

山部《やまべの》宿禰《すくね》赤人《あかひと》（生没年不詳）

奈良京時代前期の宮廷歌人。『万葉集』には、長歌十三首、短歌三十七首が採られている。短歌に優れた歌才を発揮。なかでも「伊予《いよ》（愛媛県）の温泉に至りて作る歌」（巻三の三二二）など、旅のなかで自然を歌った叙景歌《じょけいか》が高く評価されている。柿本人麻呂《かきのもとのひとまろ》と同じく、三十六歌仙の一人。

【美しいことば】

みもろの

「神のいます森」「神の降臨するところ」という意味。御諸、三諸などと書くこともある。「み」は接頭語であり、「もろ」は「森」のこと。つまり、鎮守《ちんじゅ》の森に示されるように、古代から森林や森林におおわれた土地は、神が降臨する場所と考えられていた。

〈元明《げんみょう》天皇〉平城京遷都を決断した女帝

飛《と》ぶ鳥《とり》の　明日香《あすか》の里《さと》を　置《お》きて去《い》なば
君《きみ》があたりは　見《み》えずかもあらむ

巻一の七八

現代語訳

飛ぶ鳥の、明日香の
このふるさとを
捨てていったなら、
あなたのあたりは
見えなくなるでしょう。

止めてください
はい
飛ぶ鳥の
明日香の里を　置きて去なば
君があたりは
見えずかもあらむ
天智天皇の娘
元明《げんみょう》天皇

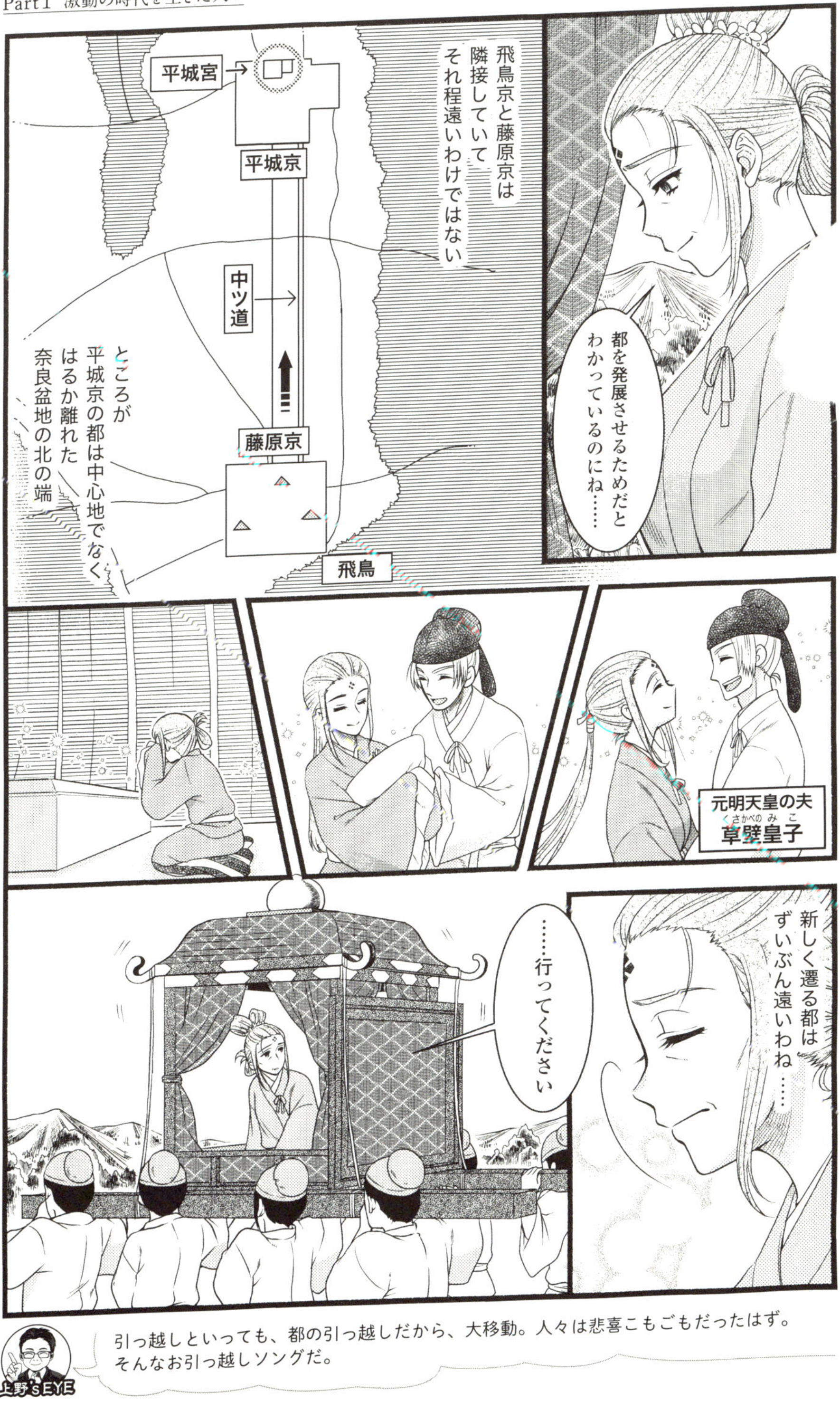

上野's EYE

引っ越しといっても、都の引っ越しだから、大移動。人々は悲喜こもごもだったはず。
そんなお引っ越しソングだ。

思い出の地を去るのは国のためでもしのびない

国のための決断！　しかし……

七一〇年、藤原京から平城京へ都を遷《うつ》したのが、元明《げんみょう》天皇だ。夫と息子に先立たれ、孫がまだ幼いからとつなぎのつもりで皇位に就いたのかもしれないが、彼女の政治的手腕は高い。わずか八年ほどの在位期間に、和同開珎《わどうかいちん》の鋳造《ちゅうぞう》や、天武《てんむ》天皇の死去で中断していた『古事記』が奏上《そうじょう》され、続いて『風土記』の編纂《へんさん》を命じている。

平城京への遷都は国を発展させるために必要で、政治を司る立場として、揺るぎない決断があった。しかしいっぽうで、一人の女性

【歌人紹介】

元明《げんみょう》天皇（六六一～七二一）

天智《てんじ》天皇の第四皇女。天武《てんむ》天皇の皇子・草《くさ》壁《かべ》皇子《みこ》の妃として氷高皇女《ひだかのひめみこ》（のちの元正《げんしょう》天皇）と軽皇子《かるのみこ》（のちの文武《もんむ》天皇）をうんでいる。夫・草壁皇子と息子・文武天皇が若くして亡くなり、文武天皇の皇子（のちの聖武《しょうむ》天皇）が幼かったため、第四十三代天皇として即位した。

【豆知識】

「飛鳥」と「明日香」

「あすか」という地名に、「明日香」と「飛鳥」の二つの表記があることを不思議に思ったことはないだろうか。この歌にある「飛ぶ鳥の」は明日香にかかる枕詞《まくらことば》だが、やがて「飛鳥」と書いて「あすか」と読むようになった。「春日《はるひ》のかすが」の「春日《かすが》」も同じだ。

としての思いもにじみ出る。明日香は長く暮らした地であり、先祖代々の墓もある。何より「君」との思い出深い地なのだ。題詞《だいし》に「道中、輿《こし》（みこしのような昔の乗り物）を長屋《ながや》の原《はら》に停めてまで振り返った」とあり、感傷的な気持ちがひしひしと伝わってくる。

遠ざかる明日香に気持ち引かれつつ

明日香に隣接する藤原京への遷都とは異なり、遠く奈良盆地の北の端に都を遷すとあって、往時の人々は感慨深いものがあっただろう。はるか明日香を懐かしみ、しのぶ歌が多く残されている。この歌もその一つだ。

長屋の原は、現在の奈良県天理《てんり》市西井戸堂《にしいどうどう》町、合場《あいば》町あたりといわれる。香具山からまっすぐ北に延びた「中《なか》ツ道《みち》」のちょうど中間地点だ。振り返って見た「君があたり」とは、どこだったのだろうか。亡き夫の草壁皇子《くさかべのみこ》が眠る真弓《まゆみ》の岡（奈良県高市郡高取町佐田の岡宮《おかみや》天皇陵のあたり）だという説もあれば、草壁皇子の邸宅のあった島の宮（明日香村の島庄遺跡）だという説もある。それを「置いて捨てていく」申し訳ないような複雑な胸中が、「見えずかもあらむ」という最後の句からうかがい知れる。

【キーワード】

中ツ道

古代には奈良盆地を南北にまっすぐ通る道が三本あり、東から「上《かみ》ツ道《みち》」「中ツ道」「下《しも》ツ道《みち》」と、ほぼ四里（約二千二百メートル）の等間隔で並んでいた。「中ツ道」は、香具山北のふもとから北へまっすぐに延びている道で、平安京時代後期まで道路として使われていた。

万葉スポット

草壁皇子が眠るとされる墓

岡宮天皇陵《おかみやてんのうりょう》（奈良県高市郡高取町）

元明天皇の夫・草壁皇子の墓所。皇太子に立てられていたものの、即位しないままに死去。758年に「岡宮御宇天皇《おかのみやぎょう う》」の称号が与えられた。現在、歴代天皇には数えられていない。

奈良京時代

〈中臣朝臣宅守《なかとみのあそみやかもり》〉愛で身を滅したエリート

あをによし 奈良《なら》の大路《おほち》は 行《ゆ》き良《よ》けど
この山道《やまみち》は 行《ゆ》き悪《あ》しかりけり

巻十五の三七二八

現代語訳

立派な奈良の都大路は
歩きやすいけれども、
越前へのこの山道は
歩きづらいものだなぁ。

平城人の誇りだった「奈良の大路」

奈良の平城宮跡を訪ねることがあれば、まず朱雀門《すざくもん》に立ってみたい。今日でいえば皇居前広場ともいえる、権威ある朱雀門をじっくり堪能したなら、大極殿《だいごくでん》を背にして南を望む。眼前にまっすぐに延びる朱雀大路は、道幅が七十四メートル。六車線ある大阪の大動脈・御堂筋の約一・七倍といえば、その広大さをイメージできるだろうか。長さは羅生門までの三千七百メートルに及んだという。街路樹として柳が植えられていた。今も「こんなに大きな道だったのか」

【歌人紹介】

中臣朝臣宅守《なかとみのあそみやかもり》（生没年不詳）

奈良京時代の貴族で、歌人。父は中臣《なかとみの》東《あずま》人《ひと》。七三八年頃に罪に問われて、越前に流された。『万葉集』巻十五の目録に「後宮に仕える女官の狭野弟上娘子《さののおとがみおとめ》を妻としてめとったときに罪を得て」とあり、一説に娘子との結婚が配流の原因といわれている。

ということが実感できるだろう。

住み慣れた明日香から遠く平城京に都が遷《うつ》され、「いったいどんなところだ」といぶかしがる者もいただろうが、立派な朱雀門や都大路を前にして、平城京の人々はさぞ誇らしく思ったことだろう。中臣宅守《なかとみのやかもり》もそんな一人だった。

流された越前で妻と交わした熱烈な恋の歌

この歌は、中臣宅守が罪を問われて越前《えちぜん》（福井県北部）に配流されたときに、妻の狭野弟子娘子《さののおとがみおとめ》と交わした贈答歌六十三首（巻十五の三七二三〜三七八五）のうちの一首。「平城京の朱雀大路はあれほど立派だったのに、越前に向かう山道のなんと歩きにくいことか」。もちろん、悪路への不満が言いたいのではない。「立派でにぎやかな都が、そして何よりもあなたが懐かしく思い出されることだよ」と、道中別れを惜しんでいる。

「これほどまでに恋焦がれると前から知っていたなら、はじめからあなたに出会わなければよかった　巻十五の三七三九」などと、会いたいのに会えない切なさをこんこんと訴える二人の六十三首の贈答歌は、現代の私たちの胸も打つ。

【美しいことば】あをによし

「奈良」にかかる枕詞《まくらことば》。枕詞とは一つのことばを引き出すアイコンのようなもの。珍しいことをほめるときに使うことば「〜よし」が、「青土《あおに》」についている。奈良で取れる土が、青色彩色に使われる土としてよく知られていたようだ。灰色の土も広く「青土」とされていた。

万葉スポット

合コン会場でもあった

朱雀門（奈良県奈良市）

使節の送迎や元日の儀式が行われるなど、平城宮の正門としての権威を誇っていた朱雀門。都の男女が集まって恋の歌を詠み合う「歌垣《うたがき》」も行われた。現在の朱雀門は1998年の復原。

〈光明《こうみょう》皇后〉藤原氏からはじめて皇后になった女性

大船《おほぶね》に　ま梶《かぢ》しじ貫《ぬ》き
この我子《あご》を　唐国《からくに》へ遣《や》る
斎《いは》へ神《かみ》たち

巻十九の四二四〇

現代語訳

大きな船に立派な梶をたくさんたくさん取りつけて、この子を唐国へ遣わせるのだ——。しっかりとお守りせよ、神々たち。

上野'sEYE

神さまを脅迫するような歌。それほどまでの愛を私は感じる。思いはそれほど深いということなのだろう。神さまだって許さないということだ。

ソトへ行く甥《おい》の無事をウチ古来の神に祈る

唐国への渡航は命がけ

遣唐使派遣のおもな目的は、唐の国づくりを学ぶため。そして国の制度や法律、学問など先進文化の導入、政治的な外交にあった。光明《こうみょう》皇后の時代には渡航する人数も大規模になり、四隻ほどの船に数百人を分乗させて渡っていたらしい。航行技術も未熟だった時代、船は風雨や高波にさらされながら、ときには難破したり、漂流したりすることもあった。また船内では飢えや喉《のど》の渇きと闘わなければならなかった。光明皇后もそのことを重々に承知している。そ

【歌人紹介】

光明《こうみょう》皇后（七〇一～七六〇）

聖武《しょうむ》天皇の妻。藤原《ふじわらの》不比等《ふひと》の娘で、孝謙《こうけん》天皇の母。臣下から皇后になるのは異例のことで、藤原氏の繁栄の礎を築いた。悲田院《ひでんいん》や施薬院《せやくいん》を設立し、孤児や病人の救済にも尽力したと伝えられる。聖武天皇の死後、遺品を東大寺大仏に献上したのが、現在の正倉院《しょうそういん》宝物のもとになっている。

【豆知識】

現地妻をめとった藤原清河《ふじわらのきよかわ》

唐国にたどり着いた藤原清河はそのまま唐に留まり、唐朝の帝の信任厚く、高官として仕えた。日本から迎えの使者も派遣したが、安禄山《あんろくざん》の乱による混乱などで帰国することができなかった。帰国できたのは、中国でめとった妻との間にできた娘だけであった。

して今、まさに唐に渡ろうとしているのは、歌にある「我子《あご》」。甥《おい》で遣唐大使の藤原朝臣清河《ふじわらのあそみきよかわ》だ。藤原一門の氏神《うじがみ》である春日大社で神を祭った日、「しっかりお守りせよ」と無事を祈った。しかしこの祈り空しく、藤原清河らを乗せた帰国船は暴風で流され、ベトナムに漂着したという。なんとか唐に戻ることができたが、そのまま日本の土を踏むことなく唐で亡くなった。

外国を知って、自国を意識する

光明皇后といえば、聖武《しょうむ》天皇の后。東大寺の大仏造営や、聖武天皇の勅願による国分寺や国分尼寺の建立にも深く関わったとされる。大陸からもたらされた仏教をあつく信仰していたのだ。しかし、この歌では、日本古来の「神」に祈りをささげている。

奈良京時代、人々は十分に中国の言語や文学、文化に慣れ親しんでいた。それによって逆に自分たちの独自の言語や文学、文化を認識し始めたと考えられる。つまり、ソト（外国）を見て、ウチ（日本）を意識した知識人たちがあらわれ始めたということだ。光明皇后もその一人だったのだろう。ソトに向けて出立する甥の無事の帰国を、神代の時代から親しんだウチの神に祈ったのだった。

【キーワード】

遣唐使

朝廷が公式に唐に派遣した使節。飛鳥京時代の六三〇年に、犬上御田鍬《いぬがみのみたすき》が遣わされたのに始まり、八九四年に菅原道真《すがわらのみちざね》の建議によって休止されるまでの二百六十余年にわたって行われた。遣唐使を送った回数について、数え方を含めさまざまな説があるが、十数回に及ぶ。

万葉スポット

国家安泰 国民の平和を祈る

春日大社（奈良県奈良市）

社殿は768年に創建。境内に、『万葉集』に詠まれた約300種類の植物を植栽している「萬葉植物園」もある。全国に3000社以上ある春日神社の総本社。1998年に世界遺産に。

春日大社 中門・御廊／春日大社提供

〈山上臣憶良《やまのうえのおみおくら》〉元・遣唐使の人情派歌人

神代《かみよ》より　言《い》ひ伝《つ》て来《く》らく　そらみつ　大和《やまと》の国《くに》は
皇神《すめかみ》の　厳《いつく》しき国《くに》　言霊《ことだま》の　幸《さき》はふ国《くに》と　語《かた》り継《つ》ぎ　言《い》ひ継《つ》がひけり
今《いま》の世《よ》の　人《ひと》もことごと　目《ま》の前《まへ》に　見《み》たり知《し》りたり
人《ひと》さはに　満《み》ちてはあれども　高光《たかひか》る　日《ひ》の大朝廷《おほみかど》
神《かむ》ながら　愛《め》での盛《さか》りに　天《あめ》の下《した》　奏《まを》したまひし
家《いへ》の子《こ》と　選《えら》ひたまひて　勅旨《おほみこと》〈反《かへ》して、大命《おほみこと》と云《い》ふ〉　戴《いただ》き持《も》ちて
唐《もろこし》の　遠《とほ》き境《さかひ》に　遣《つか》はされ　罷《まか》りいませ
海原《うなはら》の　辺《へ》にも沖《おき》にも　神留《かむづ》まり　うしはきいます
諸《もろもろ》の　大御神《おほみかみ》たち　船舳《ふなのへ》に〈反《かへ》して、ふなのへにと云《い》ふ〉　導《みちび》きまをし
天地《あめつち》の　大御神《おほみかみ》たち　大和《やまと》の　大国御魂《おほくにみたま》
ひさかたの　天《あま》のみ空《そら》ゆ　天翔《あまかけ》り　見渡《みわた》したまひ
（以下略）

巻五の八九四

現代語訳

神代から言い伝えてきた大和の国は、すめ神々たちも神々しき国ぞ。言霊の加護ある国ぞと語り継ぎ、言い継いできた。今の世の人ことごとくにまのあたりに目にも見て知っている。人の人たるものは世に満ち満ちてはいるけれども、高光る日の朝廷の神のご寵愛を受けて、天下の政にたずさわった名家の子として選ばれた大使様は、大命降下を受けて、唐の国の遠き地に遣わされて旅立たれると……海原の辺にも沖にも鎮まってその道を支配したもう、もろもろの大御神たちが船の舳先に立って導き申し上げ、天地の大御神たち、大和の大国魂の神が大空高くから、見守りになる。（以下略）

唐へ行く人へ送る言葉

七三三年、渡唐を目前にして、遣唐大使に任じられていた丹治比《たじひの》真人《まひと》広成《ひろなり》が山上憶良《やまのうえのおくら》の自宅を訪ねてきた。この二人は以前から親交があったようだ。遣唐使の長老ともいえる憶良への表敬訪問であり、渡唐経験者から直接聞いておきたいこともあったに違いない。訪問を受けた憶良はといえば、このとき御年七十三歳。もう隠居の身だっただろう。

静かに暮らす自宅に、今をときめく遣唐大使が訪ねて来てくれたのだ。どれほど感激したことだろう。訪問を受けたわずか二日後に、憶良が広成に送ったこの長く荘厳な歌が、それを如実に物語っている。

この歌は、題詞に「好去好来の歌」とあるように、つまりは「無事に行って来なさいと祈る歌」だ。異国に向かう広成に、「皇神《すめかみ》の厳《いつく》しき国　言霊《ことだま》の　幸《さき》はふ国」だと伝えられてきたわが大和の国《くに》。そこから旅立たれるあなたを神々は導いてくださるし、お守りくださる、と歌っている。命がけの渡唐を前にした広成に、この歌はどれほど心強かったことだろう。

【歌人紹介】

山上臣憶良《やまのうえのおみおくら》（六六〇?～七三三?）

飛鳥京時代から奈良京時代にかけて活躍した歌人。遣唐使の随員として渡唐したことが記録されており、そのときは無位だったが帰国後、国司・伯耆守《ほうきのかみ》を任せられる。その後、侍講《じこう》（家庭教師）として東宮・首皇子《おびとのみこ》に仕えるよう命じられた。

【美しいことば】

言霊

古代から日本人は「一つひとつのことばには霊が宿っており、その霊の力によって、発せられたことばどおりのことが実現する」と考えていた。この山上憶良の歌も、「無事に大命を果たして帰国する」ことを長々と歌って、それが現実のものとなることを祈願したのである。

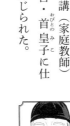

〈大伴坂上郎女《おおとものさかのうえのいらつめ》〉恋歌を詠ませたらピカイチ！恋多き女

来《こ》むと言《い》ふも　来《こ》ぬ時《とき》あるを
来《こ》じと言《い》ふを　来《こ》むとは待《ま》たじ
来《こ》じと言《い》ふものを

巻四の五二七

現代語訳

来ようと言っても来ないときがある――。来ないと言うのを来るだろうと思って待つことはすまい。来ないと言ってるものを。

「待たない」の裏に複雑な女心

「来（こ）」を重ねて無邪気なことば遊びのようだが、実際は複雑な女心を歌っている。「来る、来ると口ばかりで来ないのに、来ないと言うあなたを、来るかもと待ったりはしないわ」と言いながら、じつは「なかなか来ないあなたを待っているのよ」と。

この歌は、大伴坂上郎女《おおとものさかのうえのいらつめ》の恋人・藤原麻呂《ふじわらのまろ》が贈った三首の歌に、彼女が答えて歌った四首の一つ。先に藤原麻呂が詠んだ歌のなかに「久しくあなたに会わないでいるうちに、私も年老いてしまった

【歌人紹介】

大伴坂上郎女《おおとものさかのうえのいらつめ》（生没年不詳）

奈良京時代の歌人。父は大伴安麻呂《おおとものやすまろ》、母が石川郎女《いしかわのいらつめ》。最初の夫である穂積皇子《ほづみのみこ》の亡きあとに、藤原麻呂の妻訪いがあったとされる。のちに大伴宿禰宿奈麻呂《おおとものすくねすくなまろ》と結婚し、坂上大嬢《さかのうえのおおいらつめ》と二嬢《おといらつめ》をうんでいる。歌人としては二十数年の間に、長歌六首、短歌七十七首、旋頭歌一首を残している。

巻四の五二二」とか「あなたと寝ないので、体が冷たいことだよ　巻四の五二四」とあるので、麻呂はかなり長く坂上郎女を訪ねていないことがわかる。それがどれほど長い期間かというと、坂上郎女の一首に「佐保川《さほがわ》の小石をふみ渡って、あなたを乗せた黒馬が来る夜が、一年中あってほしいものだ」（佐保川《さほがは》の　小石《こいし》踏《ふ》み渡《わた》り　ぬばたまの　黒馬《くろま》の来夜《くよ》は　年《とし》にもあらぬか　巻四の五二五）とあって驚く。

才気ある歌人は恋歌の名人

藤原麻呂といえば、藤原不比等《ふじわらのふひと》の四男で、藤原四家の一つである京家の始祖。左右京大夫《さうきょうのだいぶ》や参議《さんぎ》を歴任するなど、エリート中のエリートだ。女性関係も華やかだったに違いない。

坂上郎女は最初、天武《てんむ》天皇の第五皇子・穂積皇子《ほづみのみこ》に嫁いでいた。皇子の死後に藤原麻呂からのアプローチがあったようだが、妻となったかどうかは定かではない。才気豊かな歌人としても知られ、女性歌人で最も多い八十四首が『万葉集』に収められている。なかでも恋の歌が多く、恋愛関係にない男性への親愛を表現する方法にも恋の表現を使ったことから、恋多き女のようなイメージを抱かれがちだが、その叙情的な表現が多くの人を魅了してやまない。

【キーワード】

藤原四家

藤原不比等の四人の息子たちがそれぞれおこした藤原氏の四つの家のこと。武智麻呂《むちまろ》が南家、房前《ふささき》が北家、宇合《うまかい》が式家、麻呂が京家を立てている。その後、北家から摂政《せっしょう》、関白《かんぱく》、太政大臣を多く輩出し、藤原道長《ふじわらのみちなが》のときに全盛を極めた。

万葉スポット

桜の名所で歌碑めぐり

佐保川（奈良県奈良市）

平城宮跡の東側を南へ流れる佐保川は、『万葉集』にたびたび登場している。現在の佐保川沿いは桜の名所となっており、大伴坂上郎女の歌も含め、いくつかの万葉歌碑が立つ。

〈大伴宿禰家持《おおとものすくねやかもち》〉『万葉集』誕生のキーパーソン

玉桙《たまほこ》の 道《みち》は遠《とほ》けど
はしきやし 妹《いも》を相見《あひみ》に
出《い》でてそ我《あ》が来《こ》し

巻八の一六一九

現代語訳

道は遠いけれど、
愛するあなたさまに会いに、
私は出かけて来たことよ。

上野'sEYE

恋する道は千里も一里。「遠くても来ましたよ」なんて失礼かもしれない。いわば、言いわけの歌なんだろう。

あらたまの
月立つまでに
来《き》まさねば
ゴゴゴゴ
訳）
あらたまの月
その月が月がわりする
までお見えにならない
から……
夢《いめ》にし見つつ
思ひそ我《あ》がせし
（巻八の一六二〇）
訳）
夢に見ながら
わたくしめは
恋いこがれて
おりましたぞ
くわっ
売られたケンカは
買う！
ハア
ハア
フッ・・

子どもの頃に比べれば
歌もうまくなったし
おふざけする
余裕も出てきたけど
ポン
私に勝つには
まだまだ修業が
必要ね
私の悪ノリに
悪ノリで
返すとは……
さすがは
叔母さんだ
勉強に
なります！
はは
『万葉集』収載歌数が
一番多い
女性歌人・大伴坂上郎女
そんな彼女と
歌を贈り合ったりして
家持は歌を勉強して
いたのかもしれない

家族内でもつねに歌の実践練習

恋の歌のやりとり？　その真相は

「道は遠かったけれど、愛しいあなたに会うために、私ははるばるここまで来たんですよ」。大伴家持《おおとものやかもち》がどんな恋人に贈った歌かと思いきや、お相手は叔母の大伴坂上郎女《おおとものさかのうえのいらつめ》だ。小さい頃に母親を亡くした家持にとって、母親代わりを務めてくれた叔母である。しかも、この歌が詠まれた七三九年は、坂上郎女の娘である大伴坂上《おおとものさかのうえの》大嬢《おおいらつめ》と家持が結婚した年。叔母であり、姑《しゅうとめ》でもある坂上郎女へのこの歌はどういうことだろう。

【歌人紹介】
大伴宿禰家持《おおとものすくねやかもち》（七一八？～七八五）

奈良京時代の官人であり歌人。父は大伴旅人《おおとものたびと》。官人としての家持は、宮内少輔《くないしょうゆう》や越中《えっちゅうの》守《かみ》、因幡守《いなばのかみ》などを歴任。『万葉集』の編纂者の一人として知られ、兵部少輔《ひょうぶしょうゆう》時代に防人《さきもり》の事務に携わったことから、防人の歌が採録された。『万葉集』には、万葉歌人最大の四七九首を収めている。

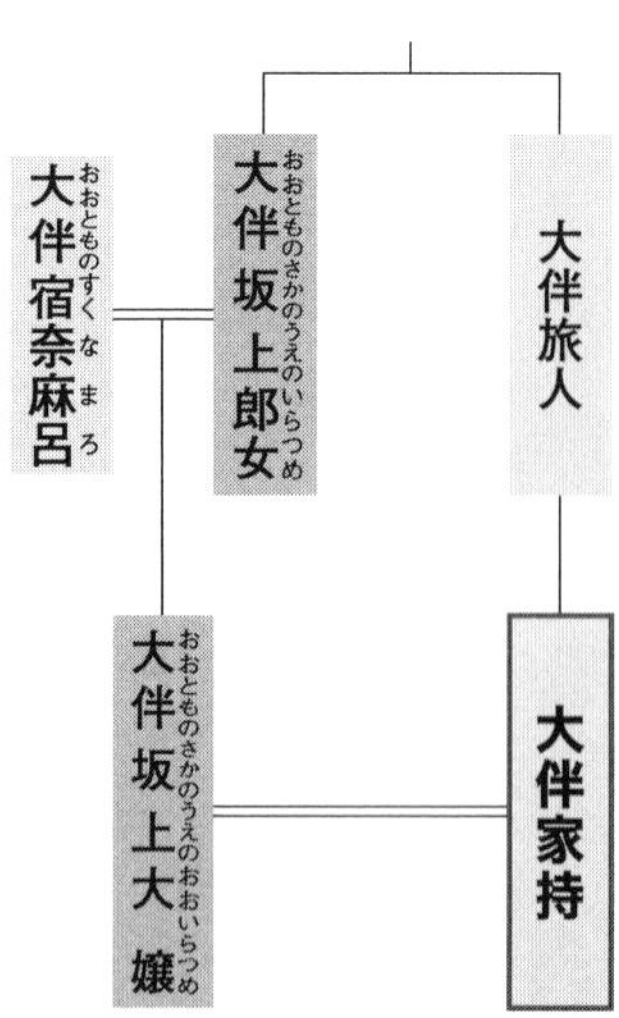

大伴家は、邸宅とは別に田畑のある竹田《たけだ》の庄《たどころ》を所有していた。管理のために出向いていたのだろう、竹田の庄にいる坂上郎女を家持が訪ねたときの歌だ。

親しい叔母相手の「おふざけ」

この歌に応じ、「月が新しくなるまでおいでにならないので、私は夢に見続けて恋しい思いをしていました　巻八の一六二〇」と詠んだ坂上郎女の返しの歌は、まるでなかなか訪ねて来ない恋人にすねて見せているようだ。つまり、甥の家持は都での仕事が忙しく、竹田の庄にも久しく足を運んでいなかったのだろう。叔母には前々から「ちょっとは顔を出しなさいよ」と言われていたのかもしれない。

大伴家持の邸宅のあった奈良県奈良市法蓮町《ほうれんちょう》あたりから竹田の庄まで約二十キロメートル。歩けば一日仕事になる。「遠かったけれど、わざわざ来ましたよ」という気持ちを、少しふざけて恋の歌「相《そう》聞《もん》」に仕立てたのではないだろうか。さらに、坂上郎女から和歌の手ほどきも受けていたと思われる家持。相聞の名手を相手にした和歌の練習ともいえよう。さて、叔母君からは合格点をもらえたのだろうか。

【美しいことば】玉桙《たまほこ》の

「道」「里」にかかる枕詞。もともと「タマ」は霊魂のことであり、桙《ほこ》の形をした石を道祖神《どうそじん》や里の入り口などに立てかける風習があった。『万葉集』では、「道」にかけることが多く、霊力の宿った「玉桙の道」が旅人の無事を守ってくれると信じられていたようだ。

万葉スポット

大伴氏の領地だった 竹田《たけだ》の庄《たどころ》（奈良県橿原《かしはら》市）

大伴氏が所有していた田園や菜園のあった庄。耳成山のふもとで、現在の奈良県橿原市東竹田町あたり。平城京の邸宅からは下ツ道か中ツ道をまっすぐ南下したあたりになる。

column

万葉のツボ②

天皇の妻の身分

古代の天皇は、複数の妻をめとることができた。時代によって差はあるものの、妻たちには一人一人位が与えられ、上から「皇后《こうごう》」、「妃《きさき》」、「夫人《ぶにん》」、「嬪《ひん》」などの位があった。

この時代、皇位を継承する息子は母が皇族でなければいけない、という決まりがあった。皇族でない母をもつ者が皇位を継承することは難しかった。また、皇族ではない妻が皇后となることも難しかった。なぜかというと、次の天皇が決まっていない場合は、皇后が中継ぎの天皇となることがあったからだ。

皇后《こうごう》	「妃《きさき》」のなかから1人
妃《きさき》	内親王《ないしんのう》（天皇の娘、天皇の姉妹）から2人まで
夫人《ぶにん》（三位以上）	元皇族、貴族の娘から3人まで
嬪《ひん》（五位以上）	地方豪族の娘から4人まで

Part 2

恋の歌

独り寝の男性の自虐ネタ

打《う》つ田《た》に 稗《ひえ》はしあまた ありと言《い》へど
選《え》らえし我《あれ》そ 夜《よる》ひとり寝《ぬ》る

作者不記載歌（巻十一の二四七六）

現代語訳

耕された田にも、引き抜かれずに残った稗はたくさんあるというのに、よりによって稗みたいに引き抜かれた俺さまは、夜一人で寝るはめになった。

ザワ
ザワ
紫《むらさき》は
灰《はひ》さすものそ
海石榴市《つばきち》の
八十《やそ》の衢《ちまた》に
逢《あ》へる児《こ》や誰《たれ》＊？
（巻十二の三一〇一）
ドキッ
古代、若者が集って歌をかけ合って恋人を見つける、集団見合いのような行事があった
——歌垣《うたがき》だ
くっ
キョロ
どんどんカップルができていくな……
俺もがんばらないと！

＊古代、女性に名前を尋ねるのは求婚を意味した。

上野'sEYE

よりにもよって、なんで俺だけだという気持ちがあらわれている。ひがみたくもなるだろう。こんなときにはね。

私は打ち捨てられたヒエのよう

若い男女の集団お見合い「歌垣《うたがき》」

「夜ひとり寝る」という最後の句から、今夜は床を共にする相手もなく、寂しいのだなということが伝わってくる。ではなぜ、この男性は一人なのか。それがわかるポイントは、「選《え》らえし我《あれ》そ」だ。

古代、若い男女の出会いの場として「歌垣」があった。時間と場所を決めて男女が集まり、互いに歌を詠み合って、気に入った相手を見つけるのだ。今でいうなら、合同コンパ、もしくはカップリング・パーティというところだろうか。歌を掛け合いながら、相手の

【歌人紹介】
作者不記載

【キーワード】
歌垣《うたがき》

古代日本において行われた、山や磯、市に男女が集まり、歌い合ったり、踊ったりするなかで求愛する行事が「歌垣」。豊穣を祈願する意味合いもあった。ここで出会った男女は結婚する場合もあったが、その夜限りの関係で終わることも少なくなかったらしい。

当時の市の様子を再現した県立万葉文化館内「歌の広場」／万葉文化館提供

気持ちを探る。歌の上手《じょうず》下手《へた》で相手の素養を計っていたのかもしれない。歌が上手でなければ、交際相手を見つけられなかったのだ。

歌垣の参加者の男女比はどうだったのだろうか。気になるところだが、ともかくもこの歌は、相手を見つけられなかったことをぼやいている男性の歌なのだ。

捨てられたヒエに自分を重ねて

最近、好まれて食べられている雑穀米にも、原料の一つとしてヒエが含まれている。しかし、古代から田んぼに野生のヒエが混入するのは困ったことだった。繁殖力が強くて稲より大きく成長するため、米の収穫量が落ちるのだ。そこで、田んぼの草取りとしてヒエも抜かれていたが、耕したあとの田を見ると、まだまだたくさんのヒエが残っている。

「あんなにたくさんのヒエが取り残されて元気に生えているというのに、私はというと、選ばれて引き抜かれたヒエのようだ。今夜は、一人で寝るしかないのか」。田に打ち捨てられたヒエに自分をたとえているところがおもしろい。自虐的だが、ユーモラスでもある。「おもしろい男性」はモテるはずなのだが。

【豆知識】ヒエは焼畑農業ではメジャーだった

万葉の時代、精力的に米づくりが行われるいっぽうで、ヒエやダイズ、サトイモなどは焼畑栽培されていた。ここに取り上げられた歌でヒエは雑草扱いだが、焼畑農耕では主力作物。山に近いところにあった水田では、飛散してきたヒエの種が野生化し、稲作の邪魔者になっていた。

万葉植物図鑑

雑草、邪魔者のイメージ!?

稗《ひえ》

イネ科の一年草のヒエは、古来食用として栽培されてきたが、稲作においては雑草として嫌われた。『万葉集』では2首歌われているが、どちらも自分を「雑草」にたとえた自虐的な歌。

奈良京時代

買い物の失敗の歌と思いきや

西《にし》の市《いち》に　ただひとり出《い》でて
目並《めなら》べず　買《か》ひてし絹《きぬ》の
商《あき》じこりかも

作者不記載歌（巻七の一二六四）

現代語訳

西の市場に一人で行って、
よく見比べずに
買ってしまった絹は、
買い損ないよ。

うっかりポチッと買ったけれど

平城京には、都の中央を貫く朱雀大路《すざくおおじ》をはさんで、二つの官営市場「東市」と「西市」が立っていた。その西市で絹を買ったのはいいけれど、よくよく見比べなかったから、あまりよい品物じゃなかった、失敗したなぁ。この歌をそのまま素直に読み解けば、そういう意味だ。

絹は今日においても高価なものだが、平城京時代ならなおさらだろう。慌てて買い物をしたばかりに、質の悪いのをつかまされてし

【歌人紹介】
作者不記載

【豆知識】
税として納められていた「絹」

三世紀頃に秦氏《はた》によって伝えられたとされる絹織物技術。奈良京時代には、北海道と東北を除く全国で養蚕《ようさん》が行われ、産地ごとに等級を定めて、税として朝廷に納められていた。

まった。もっと慎重に買い物をすべきだった。このような後悔は、現代人の私たちにもよくあることだ。ネットショップで思わず勢いづいてポチッと買い物をし、届いた商品を見て「しまった、もっとたくさんのショップで見比べてから買えばよかった」と思った経験をもつ人は少なくないだろう。万葉びとたちも同じような思いをしたのかと、思わず笑ってしまう一首だ。

お相手選びは慎重にという教訓

ところが、この歌は単なる買い物の失敗を嘆く歌ではなかったとしたら？ じつは隠された裏の意味があると考えられているのだ。

売る人、買う人、運ぶ人が大勢行き交う「市」は、男女の出会いの場でもあった。たとえば、大和の海石榴市《つばきち》（奈良県桜井市《さくらいし》金屋《かなや》あたりに立った市）の歌垣《うたがき》（P88参照）は有名だ。この歌も、西の市で出会った相手をよくよく見もせずに恋人にしたら、あまりよい相手でなかったと嘆いている人が詠んだものと考えられている。

ルックスや外面だけで恋人や結婚相手にしたために後悔したという話は、現代にもよくあること。よくよく相手の人柄を見極めて選ぶのだよ、という万葉びとからの忠告のようだ。

【キーワード】「市」は古代のスーパーマーケット

五万人から十万人と推定される平城京の人々の暮らしを支えていた二つの官営市場「西市」と「東市」の営業時間は正午から日没まで。食料品から衣類、文房具、食器、薬と何でも売られていたという。人が多く集まる場だったため、見せしめのための処刑も行われたとか。

万葉スポット
商品を運んだ秋篠川《あきしのがわ》を望んで

平城京西市跡（奈良県大和郡山市）

近鉄九条駅から東へ約400メートル行くと、西市跡を示す石碑が立っている。そばを流れる秋篠川は大和川から引き込んだ人工河川で、これを上って品物が運ばれたという。

奈良京時代

神様にクレームをつけた歌

ちはやぶる　神《かみ》の社《やしろ》に
我《わ》が掛《か》けし　幣《ぬさ》は賜《たば》らむ
妹《いも》に逢《あ》はなくに

土師宿禰水道《はにしのすくねみみち》
（巻四の五五八）

現代語訳

神様のお社に、
私が捧げた供え物。それは
返していただきましょう。
愛しい人に
逢えないのならね——。

叶《かな》わないのなら供え物を返して

大好きな彼女、または彼とうまくいきますようにという神頼み。今日においても縁結びの神様が大繁盛なところをみると、どうにかなりそうでならない男女のことを、神様にお願いする人があとを絶たないのだろう。土師水道も「愛しい人に逢いたい」、その一念から神様に供え物を捧げて祈った。

そこまでは理解できるが、「もし逢えないのなら、お供え物を返してもらいたい」とは、神をも恐れぬ不遜な態度。現代の私たちよ

【歌人紹介】

土師宿禰水道《はにしのすくねみみち》（生没年不詳）

生没年など詳細は伝わっていない。別名「土師宿禰水通」、「土師氏御道」。官名などはわからないが、筑紫《つくし》（福岡県東部）の大宰府に赴任していたときに、大伴旅人《おおとものたびと》の邸宅で開かれた梅見の宴（P28参照）に招かれ、そこで詠んだ歌が『万葉集』（巻五の八四三）に残されている。

りも、より神様を近くに感じて生きていただろう万葉びとが、こうした歌を詠んでいることに驚くばかりだ。

しかしいっぽうで、神様にクレームをつけて、万一にも罰が当たったとしてもかまわないというほど切羽詰まった状況下にあった、とも想像できる。手がかりは、この歌と並べて『万葉集』に掲載されているもう一首の歌にある。

愛しい妻の元へ無事に帰りたい

題詞《だいし》に、「土師宿禰水道、筑紫より京に上る海路にして作る歌二首」とあり、単身赴任先の大宰府から平城京へ戻る途中の船上で詠んだことがわかる。そのもう一首には「大船が漕ぎ進む勢いで岩に当たって、転覆するなら転覆せよ。それが愛しい人のためならば」（大船《おほぶね》を　漕《こ》ぎのまにまに　岩《いは》に触れ　覆《かへ》らば覆れ　妹《いも》によりては　巻四の五五七）とある。海が荒れて船が大揺れしているのかもしれない。

いわんとするところは、それほどまでに私の妻への思いは重いというところにある。「ちはやぶる」の歌も同じで、神をも恐れぬ行為を働いてしまうほどに、「私は妹《いも》に逢いたい」というのである。

【キーワード】

妹《いも》・背《せ》

「妹《いも》」は、現代でいう姉妹の「妹《いもうと》」という意味ではなく、男性が妻や恋人を指すときに使うことば。私の妻（恋人）と呼ぶときは「我妹子《わぎもこ》」。反対に女性が夫や恋人を指すときは「背《せ》」「背《せ》子《こ》」ということばを使った。私の夫（恋人）と呼ぶときは「我《わ》が背子《せこ》」。

万葉スポット

大阪にある土師氏ゆかりの寺

道明寺《どうみょうじ》（大阪府藤井寺市）

土師氏は埴輪《はにわ》の製作や陵墓《りょうぼ》の造営、大王《おおきみ》の葬送儀礼に関与していた古代の豪族で、土師氏の氏寺として建立されたのが道明寺。周辺に、世界文化遺産に登録された古市《ふるいち》古墳群がある。

時代不詳

魂のデートも母が監視

魂《たま》合《あ》へば　相《あひ》寝《ぬ》るものを
小《を》山《やま》田《だ》の　鹿《し》猪《し》田《だ》守《も》るごと
母《はは》し守《も》らすも

作者不記載歌（巻十二の三〇〇〇）

現代語訳

二人の魂が合えば一緒に寝ようものを、山田を荒らす鹿や猪を見張るように、母が私を監視している——。

今日はお母さんは大丈夫だった？
見てないすきに抜け出してきちゃった
古代日本では
母から娘へ財産が受け継がれた
そのため、母が娘の彼氏を見る目は非常にきびしかった
だって！心が通じ合ったらもっと一緒にいたいじゃない！
夜だって一緒に過ごすものでしょ
それなのにお母さんたら、ずっと見張ってるの！
もう獣から田んぼを守るみたいに必死なんだから
……夜って
あっ……
今度、またお母さんに挨拶に行くよ
認めてもらって君の家に通えるようにさ
……うん
それでも若い女たちは恋を楽しんだのだ

上野's EYE

今も昔も、日本の農業は、雑草と獣害との闘いだ。でも、それも恋歌のネタの一つになっている。母親は、大切に育てた娘を収穫前の稲のように思っていたのだ。

愛するあの人と魂でも会いたいのに、母が厳しく見張っているの

体から抜け出た魂のデート

頭ではわかっていても感情をうまくコントロールできないのは、今の私たちにもよくあること。それが「恋」であれば、なおさらのことだ。万葉の時代に生きた人々も、心は自分でコントロールできないものだと知っていた。そのうえ、心とは別に、体のなかに魂《たま》があると信じていたようだ。

「たま」と呼んでいることからわかるように、その魂は球体やドーナツ型をしており、ときには体から抜け出すことがあると考えられ

【歌人紹介】
作者不記載

【豆知識】
「たまげた」のたまは「魂」

「驚く」「びっくりする」ことを「たまげる」という言う地域があるが、この「たまげる」ということばは、「魂＋消える」の「たまきえる」が変化したものだ。つまり、びっくりすると、魂が体から抜け出て消えてしまうことを意味したらしい。

【キーワード】
母し守らすも

母系社会だった古代では、子どもの結婚に対して一番の影響力を発揮したのは母親だった。男性が女性の家を訪ねる「妻訪《つまど》い婚《こん》」だった時代、娘に悪い虫がつかないよう母親の監視も厳しく、デートもままならないという歌が『万葉集』のなかにも残されている。

ていた。今日の私たちも、人間の魂が体から抜け出し、「火の玉」としてふわふわと浮遊するイメージをもっているが、それと同じことなのかもしれない。

この歌にある「魂《たま》会《あ》い」とは、体から抜け出た魂がデートすることを言っている。「魂会い」に対し、実際に肉体がリアルに会うことを「直《ただ》会《あ》い」と呼んでいたらしい。万葉びとは何ともスピリチュアルな世界に生きていた人たちのようだ。

万葉の時代でも厳しい母の目

さて、この歌では「愛し合う二人の魂がそれぞれの体から抜け出し会うことができたら共寝をしたいのに、まるで刈り取り前の田んぼをシカやイノシシが荒らさないか見張るように、母が私を監視しているのよ」と詠んでいる。

古代には、母から娘に継承される財産がかなりあったと思われる。母も変な男が娘に近づかないよう、執拗なまでに見張っていたのだろう。母の監視は厳しい。しかし、「フィーリングがあったなら共寝はしてしまうものなのに――」という気持ちがあらわれている一首だろう。

【豆知識】万葉時代の青春グラフィティー

母に交際を反対されてボヤく娘の歌をもう一首ご紹介（巻十一の二五二七）。「誰？　私の家に来て私の名前を呼ぶのは？　お母さんに叱られて物思いにふけっているときに」（誰《たれ》そこの　我《わ》がやどに来呼《きょ》ぶ　たらちねの　母《はは》にころはえ　物思《ものおも》ふ我《われ》を）。

今も昔も変わらない害獣との闘い

万葉スポット

鹿猪田《ししだ》

鹿や猪が出没しやすい田んぼのこと。こうした大型の獣に田畑を荒らされて困るのは古今変わらないようだ。鹿猪田には弓の射手が見張っていて、田んぼを守るとともに肉を得ていた。

時代不詳

人の目を気にする冬のデート

我《わ》が背子《せこ》が　言愛《ことうるは》しみ　出《い》でて行《い》かば
裳《も》引《び》き著《しる》けむ　雪《ゆき》な降《ふ》りそね

作者不記載歌（巻十の二三四三）

現代語訳

私のいい人のことばはたいそうたいそういとおしい。だからうっかり出て行くと、巻きスカートの裾を引いて歩いた雪の跡が目立ってしまうのよ。ああ、雪よ、降ってくれるな。

雪に残す跡でデートがばれる

ある冬の日、わが背子、つまり彼氏がデートのためにやってきて、家の外から私を呼んでいる。その声を聞くだけでときめくほど、大好きな相手だということが「言愛しみ」からよくわかる。

すぐにでも飛び出して行きたい。行きたいのだけれど、この歌の詠み手である女性が気にかけているのは、スカートのような裳《も》の裾《すそ》を引いて、雪の上にその跡を残すことなのだ。

江戸時代の俳人・田捨女《でんすてじょ》が六歳のときにつくったとされる俳句に

【歌人紹介】

作者不記載

【豆知識】

「我が背子《せこ》」は彼氏に限らず

「背子」は「背」と同じで、親しい男性を呼ぶことば。たいていは女性が夫や恋人を呼ぶのに用いられるが、ときには母から息子、姉から弟、そして男性から男性に用いられることもある。

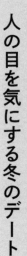

「雪の朝　二の字二の字の　下駄の跡」があるが、まさに雪の上を下駄で歩いた跡が残るように、裳の裾を引いた跡を残すことで、彼氏とのデートに出かけることがご近所の人たちにばれてしまうのが嫌なのだ。「あそこの娘さんは」なんてうわさされることもあったのかもしれない。万葉時代の恋人たちも人の目、人のうわさを気にしながらデートをしていたことがわかっておもしろい。

「降らないで」という雪へのお願い

声をかけた彼氏も人の目を気にして、どこか別の場所で待っているのかもしれない。今、雪が降って積もれば、彼女の裳の裾の跡が残る。やはり会っていることがバレてしまうのだ。だから「雪よ、降らないで」とは、何ともかわいらしく、微笑ましいお願いだ。

現代において、似たシチュエーションとして思い出すのは、気の毒なことに大雪が降った「成人の日」だろうか。色とりどりのあでやかな振袖を着たお嬢さんたちが、着物に泥を跳ね上げないよう裾をたくし上げ、おぼつかない足取りで歩いている。万葉の時代のお嬢さんには、裳をたくし上げて歩くなんて、思いもつかないことだったのかもしれない。

【キーワード】

裳《も》

女性の衣服で、上衣と下衣の二部式だったときの下衣として用いられていた。古くは五〜六世紀の埴輪《はにわ》や土偶《どぐう》にも表現されている。奈良京時代には、巻きスカートのように腰に巻いていたが、平安時代に数多くの衣服を重ねて着るようになると、腰に当て後ろに引きずるような形態になった。

山口千代子製作・写真提供

【季節のことば】

雪

「雪月花《せつげつか》」は古来、日本人が好きなモチーフ。『万葉集』には、雪を詠んだ歌が百五十首以上ある。はかなく消える雪を恋心にたとえたりと、繊細な心情を表現するのにも用いられる。

切ない女性二人のガールズトーク

君《きみ》待《ま》つと　我《あ》が恋《こ》ひ居《を》れば
我《わ》が屋戸《やど》の　簾《すだれ》動《うご》かし　秋《あき》の風《かぜ》吹《ふ》く

額田王《ぬかたのおおきみ》（巻四の四八八）

現代語訳

あなたさまのお出でを待って……私が恋い慕っていると、わが家のすだれが動いた。しかし、それは秋の風だった。

風《かぜ》をだに　恋《こ》ふるはともし
風《かぜ》をだに　来《こ》むとし待《ま》たば
何《なに》か嘆《なげ》かむ

鏡王女《かがみのおおきみ》（巻四の四八九）

現代語訳

風だけでも、訪れを恋しがっているのは羨ましいわ。風だけでも来ようと待っているのなら、何を嘆くことがあるでしょうか。（私には、待つ人もいないのよ）

上野's EYE

人の思いや意識というものの本質を見事にとらえている。思うから人は感じるのだ。思わない人には、見えないものもある。

苦しい恋でもないよりはマシ

夫を家で「待つ女」たち

額田王《ぬかたのおおきみ》の歌は、題詞《だいし》に「近江《あふみの》天皇を思《しの》ひて作る」とある。近江《おうみ》天皇とは近江京に遷都した天智《てんじ》天皇のことだ。

『万葉集』の時代、貴族には恋人同士や夫婦が同居せず、女性の家に男性が通う「妻訪《つまど》い婚《こん》」という結婚形態があった。そして女性は母の代から続く自分の家で子どもをうみ育て、自分の娘に家を譲り渡していく、いわば母系社会だった。

しかしこの婚姻形態における女性たちは、いつ来るとも知れない

【歌人紹介】

額田王《ぬかたのおおきみ》 →P48参照

鏡王女《かがみのおおきみ》（?〜六八三）

鏡姫王、鏡女王とも書き、鏡王《かがみのおおきみ》の娘と伝えられるが、墓が舒明《じょめい》天皇陵の域内にあることから、舒明天皇の皇女とも考えられている。天智《てんじ》天皇に愛されたことがあり、のちに中臣《なかとみの》（藤原《ふじわらの》）鎌足《かまたり》の妻となった。

【豆知識】

額田王と鏡王女は恋敵だった？

天智天皇は鏡王女を召していたことがあり、そのとき、額田王は大海人皇子《おおあまのみこ》の妻だった。そのあと、天智天皇は額田王を自分の後宮に入れ、鏡王女を信頼する部下の中臣（藤原）鎌足の妻として譲っている。そう考えると、この歌のやりとりにはもっと複雑なものがあるのかも。

男性を、「今日は来てくれるのかしら」「今夜かしら」とじりじりとした気持ちで待つことがどうしても多くなる。『万葉集』にも、そうした「待つ女」の歌が数多く残っている。

夫を待つ妹と慰める姉の問答歌

額田王の「君待つと　我《あ》が恋《こ》ひ居《を》れば」には、その心待ちにしている思いがよくあらわれている。全身のアンテナが、入り口の気配に向けられているのだろう。簾《すだれ》がふわっと動いた。「来てくれたの！」と思ったら、秋風のしわざだったというわけだ。どれほど落胆したことか、愛しい人を待つ女心がひしひしと伝わってくる。

いっぽう、鏡王女《かがみのおおきみ》の歌は、額田王の歌に対し「風でもいいわよ、風でも。待つお相手がいるというだけでうらやましい。何を嘆くことがあるのかしら。私なんて、待つ人すらいないのよ」と詠んでいる。これはこれで、切ない女心だ。

お互いに見栄を張らず、自分の心の弱みをさらけ出し、鏡王女の歌からは額田王への慰めの気持ちも感じられて、二人の親しい関係性が見て取れるだろう。異説はあるが、この二人は姉妹だとされている。今風に言うなら、ガールズトークのような歌のやりとりだ。

【豆知識】額田王は六十歳まで生きていた

額田王は天智天皇の死の際に挽歌《ばんか》（巻二の一五一、一五五）を詠み、持統《じとう》天皇が吉野宮に行幸《みゆき》したときの弓削皇子《ゆげのみこ》との歌のやりとり（巻二の一一一～一一三）が記録されていることから、額田王は六十歳くらいまで生きたことが推測できる。当時の女性としてはとても長生きしている。

万葉スポット

額田王一族ゆかりの寺

真照寺《しんしょうじ》（滋賀県蒲生郡）

額田王の父にあたる鏡王は鏡神社の神官で、その娘、鏡王女や額田王は、この神官家で育てられたという伝説がある。

竜王町観光協会提供

時代不詳

嫉妬に一人もだえ苦しんで

さし焼《や》かむ　小屋《をや》の醜屋《しこや》に
かき棄《す》てむ　破《や》れ薦《ごも》を敷《し》きて
打《う》ち折《を》らむ　醜《しこ》の醜手《しこて》を
さし交《か》へて　寝《ぬ》らむ君故《きみゆゑ》
あかねさす　昼《ひる》はしみらに
ぬばたまの　夜《よる》はすがらに
この床《とこ》の　ひしと鳴《な》るまで
嘆《なげ》きつるかも

作者不記載歌（巻十三の三二七〇）

現代語訳

焼き払ってしまいたいような小さなおんぼろ小屋に、捨て去ってしまいたいような破れ薦を敷いて、打ち折ってしまいたいような汚らしい手を交わし合って、共寝をしているのだろう、あなたのことを思うゆえに、私は、昼は昼中、夜は夜通し、この床がひしひしと鳴るほどに嘆いてしまう。

生々しい嫉妬が共感を呼ぶ

なんと生々しい歌だろうか。愛する男性が、恋敵の女性の家を訪ねている。火を放って焼き払ってやりたいその家は、小さくておんぼろ。敷いているのは、捨ててもいいような破れコモで、その女の手は不格好《ぶかっこう》で汚らしい。と、相手の女性をののしることばが並ぶ。

さらに、想像しなければいいものを「あぁ、今頃は二人、同じ床のなかで……昼も夜もずっとそのことを考えていると、一人寝をしているこの床がミシミシ音を立てるほど嘆かわしい気持ちだ」と続く。この「ひしと鳴るまで」というベッドのきしむ擬態語が、読み手をもエロチックな世界へいざなっているようだ。狂おしい気持ちを抱えて身もだえしているさまは、時代を超えて、多くの女性たちの共感を呼んできたのではないだろうか。

この長歌に添えられた反歌《はんか》では、「私の心を焼き尽くすのも私だ。あぁ、あなたをここまで恋しく思うのも、私の心のせいよ　巻十三の三二七一」と、嫉妬に狂う自分を、もう一人の自分が見つめている。こうしたストレートに生の感情を表現した歌は、こののち平安貴族たちの和歌文化からは消えていく。『万葉集』らしい歌といえる。

【歌人紹介】作者不記載

【豆知識】反歌の役割

「反歌」とは、長歌のあとに添えられている短歌。長歌に〝反論〟するためでなく、長歌の意を反復したり、要約したり、補足したりしている。『万葉集』に多く見られる形態だ。

万葉植物図鑑

敷物にも、食用にも使える身近な存在

薦《こも》

イネ科の植物「マコモ」の古名。マコモの葉を編んでつくる、むしろや枕、敷物を指すことばとしても使用される。種子や新芽は食用にでき、万葉びとにとって身近な植物だった。

長く会えない恋人にお灸

言《こち》出《で》しは　誰《た》が言《こと》なるか
小山田《をやまだ》の　苗代水《なはしろみづ》の　中淀《なかよど》にして

紀女郎《きのいらつめ》（巻四の七七六）

現代語訳

言い出したのは、誰でしたっけ。山の田園の苗代の水のように、お付き合いが途中で淀んだりして。

なかなか平城京行けなくてごめんごめん！会いたいって思ってはいるんだって！
大伴家持《おおとものやかもち》
わざわざこんな怒らせるような謝り方……
もぉ
かまってほしいのね……仕方のない人～
紀女郎《きのいらつめ》
恭仁京《くに》
当時、聖武《しょうむ》天皇の勅《みことのり》により都は一時平城京から山城国《やましろ》（木津川市）へと遷されていた
多くの住民が平城京に残ったが、役人である家持は移らざるをえなかった
家持様 紀女郎様より お返事が！

上野'sEYE

逃げる男に、責める女。今も昔もなかなか人生は難しい！ 逃げれば逃げるほど、人は追いかけたくなるもの。これが恋というものか！

あなたから、付き合いたいと言い出したはずなのに

会えない言い訳にチクリと返歌

言わずと知れた『万葉集』の編纂者《へんさんしゃ》の一人、大伴家持《おおとものやかもち》に紀女郎《きのいらつめ》が贈った歌だ。家持は、大伴坂上大嬢《おおとものさかのうえのおおいらつめ》を妻としていたが、女性関係は華やかだったようで、この紀女郎も恋人の一人だった。

その家持、久しく紀女郎を訪ねていなかったらしく、言い訳がましい歌を先に贈っている。「古い都の奈良にいたときから、ずっと思っていますが、どうしてあなたに会う機会がないのでしょう」（鶉鳴《うづらな》く　故《ふ》りにし郷《さと》ゆ　思《おも》へども　なにそも妹《いも》に　逢《あ》ふよしもな

【歌人紹介】

紀女郎《きのいらつめ》（生没年不詳）

紀朝臣鹿人《きのあそみかひと》の娘で、本名を小鹿《おしか》という。安貴《あきの》王《おおきみ》の妻。『万葉集』には、家持との贈答歌を含めて、相聞歌を多く残している。

【豆知識】

当代一のモテ男だった大伴家持《おおとものやかもち》

名門・大伴家の生まれで、政治家としては不遇な時代を送ったこともあったが、歌人として名をはせた家持。そもそも歌が上手《じょうず》に詠めるというだけでモテた時代だ。家持も紀女郎のほか、笠女郎《かさのいらつめ》、丹波大女娘子《たにはのおおめのおとめ》ら多くの女性と浮名を流した。

き　巻四の七七五）。

平城京を古い都と言っているのは、この頃、都が恭仁京《くにきょう》（京都府木津川市）にあったからだろう。「平城京に都があったときから思っていたあなたですよ。訪ねて行きたい気持ちはあるんです。そういう機会がないだけで」、紀女郎はそれで「はい、はい」としおらしく納得する女性ではなかったようで、チクリと返している。

淀んだ水に二人の関係をたとえて

三句目の「小山田《をやまだ》」というのは、小さな山の田んぼという意味。「苗代《なはしろ》」は稲の苗を育成するところだが、山の中にある田んぼの水は冷たいので、そのまま引き込むと発芽によくない。そこで、水が温まるように、苗代までの水路を長く延ばしていた。そうすると途中、流れが滞って淀むこともある。紀女郎は、その「中淀」に二人の関係を重ねて「私たちの関係も、中だるみ状態なのかしらね」と言っているのだ。

紀女郎は、家持より十歳以上、年上の人妻だったという。家持が本当に忙しくて機会がつくれないのか、気持ちが紀女郎から離れてきたのか、それはわからないが、ウィットに富んだ表現だ。

【キーワード】

苗代水《なわしろみず》

谷のある山間地は、大掛かりな工事を必要とせずに田をつくることができた。しかし、南方に起源をもつ稲は寒さに弱い。冷たい山の水は、苗の育成に適さないということで、長い水路を整備した。苗代水ということばから、万葉の時代にも田植えがあったことも知れておもしろい。

万葉スポット

大伴家持が勤めていた都

恭仁京《くにきょう》（京都府木津川市）

740年から744年に都が置かれた地。宮の造営は遅れに遅れ、建設は困難を極めた。現在は、大極殿と七重塔の礎石を見ることしかできない。

時代不詳

一夜を共にして何もなかったけど

あからひく　肌《はだ》も触《ふ》れずて　寝《ね》たれども
心《こころ》を異《け》には　我《わ》が思《おも》はなくに

作者不記載歌（巻十一の二三九九）

現代語訳

血潮のたぎる肌に触れないまま寝てしまったんだけど、あなた以外の人を慕っているからではないんだよ。

決してほかの人が好きなわけじゃない

歌の作者が男性なのか、女性なのか、研究者の間でもさだかではない。しかし、「あなたのその健康的なピンク色の肌に触れないままに寝てしまって（ごめんなさい）。けっして、あなた以外の誰かが好きということじゃないんだ」なんて、なんとウブな歌だろう。男の歌とすれば、新鮮に感じられる。

「あからひく」とは、赤い血潮がたぎる、つまり血色のよいという意味。健康な若い人の肌のことを表現したことばだ。どういった

【歌人紹介】
作者不記載

【豆知識】
『万葉集』の約半数が作者不記載歌

全二十巻、四千五百十六首の歌のうち、約半数の二千百首以上が「作者不記載歌」である。そして、そのほとんどが巻七、十～十四に集中している。

理由なのかわからないが、同じ部屋で夜を過ごすことになった。ところが、この作者は、肌に触れることもなく寝てしまったのだ。疲れていて、すぐさま寝落ちしたのか、それとも胸中で葛藤しながらも触れなかったのか、それはさだかではない。

ともかく触れなかったけど、「心を異《け》には」つまり、「心が別のところに」あるわけじゃないよ。と、言い訳しているのである。はたして二人の関係は……。

いきさつを想像する楽しみ

この歌にはどんな物語があるのだろうか。想像してみるのも楽しい。恋になれていない青年が、相手を大事に思うあまり何もできなかったのかもしれない。だけど、対する彼女のほうが意外に肉食系で、本当は一歩関係を進めたかったということも考えられる。青春小説のようではないか。読者の方のなかにも、そんな体験をしたことのある人がいるかもしれない。

それにしても、わずか三十一文字の歌が、こんなにも読み手の私たちの想像をかき立てる。

【美しいことば】あからひく

漢字で書けば「赤ら引く」。赤みを帯びて輝くという意味から「肌」や「色」にかかる枕《まくら》詞《ことば》であるとともに、明るく照り映えるという意味から「日」「朝」にかかる枕詞でもある。

万葉スポット

万葉貴族が暮らす住空間を再現！

平城宮跡資料館（奈良県奈良市）

平城宮跡などからの出土品のほか、模型や貴族の屋敷内部の復元を見ることができる。写真は長屋王邸の模型。高位の人の屋敷は主人が住む正殿、従者が住む家など複数の建物からできていた。

奈良文化財研究所提供

恋心が冷めてきた二人の贈答歌

やどにある　桜《さくら》の花《はな》は
今《いま》もかも　松風速《まつかぜはや》み　地《つち》に散《ち》るらむ

厚見王《あつみのおおきみ》（巻八の一四五八）

現代語訳

あなたの家にある桜の花は……ちょうど今頃、松風が速いので、土に散っているのではないか。

世《よ》の中《なか》も　常《つね》にしあらねば
やどにある　桜《さくら》の花《はな》の
散《ち》れるころかも

久米女郎《くめのいらつめ》（巻八の一四五九）

現代語訳

人の世たるものは定めなきもの……。私の家の庭にある桜の花は、もう散ってしまう頃なんですけどね。

散りゆく桜に無常観を重ねて

日本人にとって、散りやすい桜は「はかなさ」の象徴のように描かれることが多い。しかし、その無常の花をめぐって、男女が愛の歌を交わしあっている。厚見王《あつみのおおきみ》の「あなたの家にある桜は、今頃、松風に散らされているのではないでしょうか」の歌から、久米女郎《くめのいらつめ》の家をしばらく訪ねていないことがうかがい知れる。

美しいものに触れる感動は、大好きな人と共有したい。花見は今も昔も、恋人たちにとって格好のイベントだろう。その桜を一緒に眺めていないのだ。そこに彼女との距離を感じさせる。

そして、久米女郎もそのことを確かに感じている。「人の世にもずっと変わらずにあるものなんてないんですもの。うちの家の桜も、あなたが来ないうちに散ってしまいましたよ」と、桜に無常観を重ねている。「あなたの気持ちもずっと変わらないなんてことはないですものね」。この淡々としたやりとりから、大人の成熟した関係が見えるようだ。

『万葉集』には、恋愛まっただなかという歌があるいっぽうで、少し冷めた関係の男女の歌もある。これもあれも人生なのだ。

【歌人紹介】

厚見王《あつみのおおきみ》（生没年不詳）

奈良京時代の官吏。七五四年の太皇太后・藤《ふじ》原宮子《わらのみやこ》の葬儀では御装束司《みそうぞくし》を、少納言《しょうなごん》の在任中には伊勢神宮の奉幣使《ほうへいし》を務めている。

久米女郎《くめのいらつめ》（生没年不詳）

久米女郎については詳細が伝わっていないが、厚見王と親交があったようだ。

万葉植物図鑑

『万葉集』の歌では意外に少ない

サクラ

万葉の時代のサクラといえば、山桜。『万葉集』のなかでサクラを詠んだ歌は、「花」と表現されたものも含めて約50首と、120首はあるウメと比べて少ない。

時代不詳

プレゼントした下着を返されて

商返《あきかへ》し　許《ゆる》せとの御法《みのり》　あらばこそ
我《あ》が下衣《したごろも》　返《かへ》し賜《たま》はめ

作者不記載歌（巻十六の三八〇九）

現代語訳

買った品物を勝手に契約解消して返品してもよいという法律が、この天子様の国にあるというのでしたら、私がお贈りした下着をお返しくださるのもよいでしょう。デモ、ソンナ法律アッタカシラ！

恋人に「使用済下着」をプレゼント

万葉の時代には、女性が恋人や夫に、自分が身につけた下着を贈る風習があったという。と聞けば、現代人の私たちはそこにアブノーマルな香りを感じるのだが、万葉びとたちにとっては、普通の男女間で自然に行われたもので、そうして親愛の情を示したらしい。

この歌は、その下着を男性から送り返された女性が詠んだものだ。「有由縁《ゆうゆえんあは》併せて雑歌《ぞうか》」と標題にある巻十六は、歌にまつわる伝説的な説話などが注釈として添えられているものが多い。この歌には「姓

【歌人紹介】
作者不記載

【キーワード】
御法《みのり》
現代でいう「法律」の意味。天皇のことばは、古代において法律の効力があると考えられていた。よって娘は「もしそんな法律がこの国にあるのだったら」と、相手が天皇だけに法律にひっかけて一言もの申している。

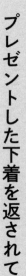

名はくわしく伝えられていないが、天皇の寵愛《ちょうあい》を受けている娘がいた。その寵愛が薄れたのちに、プレゼント（一般には相手の姿をしのぶ「かたみ」と呼ばれているものだが）をお返しになった。娘は恨みに思って、この歌を天皇に献上したという」とある。

一方的な契約解消は許さない

古代における「かたみ」は、死者をしのぶものだけに限らず、生き別れた相手をしのぶものも指す。天皇は、娘の下着を「かたみ」としても手元に残そうと考えていないのだ。すっきりとリセットしてしまおうというもくろみなのだろうか。

「心変わりをなさって、一方的に関係を断とうなんて、買った品物だって不良品でなければ勝手に売買契約を解消なんてできないんですよ」。ストレートに怒りを向けていることから、娘の若さや、恋愛に対する成熟度を計ることができる。こんな仕打ちに、まだ慣れていないのだ。それにしても、恋人だったとはいえ、天皇にこうした歌が献上できるおおらかさや、下着を贈る風習や、何より不良品でなければ一方的に返品してはならぬという商法が整備されていたことも知ることができ、『万葉集』への興味は高まるばかりだ。

【豆知識】

商返し《あきかえ》

「商変《あきがわり》」ともいう。いったん取引が成立した売買を解約して、返品したり、返金してもらったりすること。古代の市場における売買では、今でいうクーリングオフ制度が認められていた。ここでは恋愛における心変わりを皮肉たっぷりに表現。

【美しいことば】

下衣《したごろも》

肌に直接身につける「下衣」は、いつも恋人をそばに感じていたいという気持ちの象徴だったようだ。「彼女が下着そのものだったらいいのに」と詠んでいる歌まである。巻十の二二六〇だ。「そうすれば、ずっと肌身につけていられるものを」とは、万葉の恋人たちは本当に熱い。

奈良京時代

人のうわさを流して、きれいさっぱり

君《きみ》により 言《こと》の繁《しげ》きを
故郷《ふるさと》の 明日香《あすか》の川《かは》に みそぎしに行《ゆ》く

〈一の尾《び》に云《い》ふ、「竜田越《たつたこ》え 三津《みつ》の浜辺《はまへ》に みそぎしに行《ゆ》く」〉

八代女王《やしろのおおきみ》（巻四の六二六）

現代語訳

（私と）天皇とのために、
他人のうわさが激しいので……
故郷の明日香の川に
みそぎをしに行くことに——。
〈ある本には下の句が「竜田を越えて、三津の浜にみそぎをしに参ります」と伝えている〉

ふるさと明日香でリフレッシュ

題詞《だいし》に「天皇に献《たてまつ》る歌一首」とあり、八代女王《やしろのおおきみ》が聖武《しょうむ》天皇に贈った歌だとわかる。天皇に愛されている女性だ。よほど魅力的な美しい女性だったに違いない。国の頂点に立つ男性に愛されている喜びも絶大なものだったと想像する。

いっぽうで、面倒なこともあった。一挙手一投足に大勢の人の注目を浴び、当然妬みもあって、うわさの的にもなる。八代女王は「もう、うんざり」と思ったのだ。「ふるさとの明日香の川で、水をかぶっ

【歌人紹介】

八代女王《やしろのおおきみ》（生没年不詳）

聖武《しょうむ》天皇の妻の一人と考えられるが、正妻の光明《こうみょう》皇后の背景に藤原氏があることを考えると、さまざまなうわさを立てられやすい立場にあったのかもしれない。『続日本紀《しょくにほんぎ》』（天平宝字二年十二月八日条）の記事に、「先帝の寵《ちょう》愛《あい》を受けながら心変わりをしたため」従四位下の位を剥奪《はくだつ》されたことが記されている。

て、きれいさっぱり身を清めてきます」と詠んでいる。

平城京に住む人々にとって、百年以上都のあった明日香は、ずっと忘れ得ぬ心のふるさとなのだろう。そこで、うわさによって汚された身を清め、心身共に癒やされたいと考えたのはもっともなことだ。そして、それよりも大切なことがある。明日香はふるさとではあるが、奈良の都・平城京とは離れているのだ。ここではうわさも薄らぐのであろう。

窮屈な宮殿から退出の口実かも

そして八代女王にはもう一つのアイデアもあった。竜田（奈良県北西部の山地）を越えて、難波の三津の浜辺にみそぎに行くというものだ。三津は外国に開かれた港だ。さしずめ、国際色豊かな港町という感じだろうか。

ともかく、天皇のそば近くでお仕えするのは、途方もないエネルギーのいったことだろう。「たまには、ふるさとへ帰るなり、海辺の街へ出かけるなりしないとやっていられないわ」、という八代女王の声が聞こえてきそうだ。

宮仕え、サラリーマン生活はいつの時代も窮屈なものなのだ。

【キーワード】

みそぎ

体に罪や穢《けが》れがあるときや、これから神事に従事しようというときに、川や海の水で体を洗い清めること。古代から日本人に深く浸透した概念であり、私たちに身近なところでは、神社で手を清める手水《ちょうず》や、修験道などと結びついた水垢離《みずごり》がある。

万葉スポット

万葉びとの心のふるさとをめぐる

国営飛鳥歴史公園（奈良県高市郡明日香村）

飛鳥の豊かな自然と文化的遺産の保護を目的とした国営公園。「高松塚周辺地区」、「石舞台地区」、「甘樫丘地区」、「祝戸地区」、「キトラ古墳周辺地区」の5地区から成る。

万葉のツボ③

column 知っておきたい! 枕詞一覧表

枕詞とは、修飾または句の調子を整えるため、特定の単語・熟語の前に置かれる五音の語句(まれに四音などもある)のこと。おもに和歌などに用いられる修辞語。修飾する語である枕詞と、その後ろに置かれ修飾される語の組み合わせは大体決まっている。なかでも主要なものを一覧表で見てみよう。

あかねさす →「日・昼・紫」など 茜《あかね》色に照り輝くの意から「日・昼」に、紫色が赤みを帯びているとの意で「紫」にかかる。	**たらちねの →「母」** 「垂乳根《たらちね》」と書くので、乳が垂れた、や、満ち足りたという解釈などがあるが、未詳。
あしひきの →「山・峯」 足を引きずりながら山を登る、山すそを長く引く、など諸説あるが未詳。	**ちはやぶる →「神・宇治」** 荒々しい神の意から「神」や神に関する語、荒々しいの意「うぢ」から「宇治」にかかる。
あをによし →「奈良」 奈良は顔料などに使う青土《あおに》を産出したからだといわれる。「よし」は間投助詞。	**とぶとりの →「明日香《あすか》」** 朱鳥《あかみとり》と改元した際、明日香にある大宮を飛鳥《とぶとり》の浄御原《きよみはら》の宮と名づけたからとされるが未詳。
いそのかみ →「布留《ふる》・降る」 奈良県天理市石上あたりの地名「布留」。それと同じ音の「降る」などにもかかる。	**ぬばたまの →「黒・髪・夜」など** 「ヒオウギ」という植物の黒い実のこと。そのため「黒」や「闇」に関する語にかかる。
うつせみの →「命・世・人」など この世、この世の人という意味。	**ひさかたの →「空・天・光」** 天に関する語にかかる。「日射す方」という説もあるが、未詳。
しきしまの →「大和」 磯城島《しきしま》の宮がある大和の国という意味。	**ももしきの →「大宮」** 「百石木」が変化した語句。多くの石や木を使い築いた建物の意から「大宮」にかかる。
しろたへの →「衣・袖」など 白妙が白い布の意味なので、衣や布に関することばに、また白に関することばにかかる。	**やすみしし →「我が大君」** 安らかに国の隅々までをお治めになっている、という意味の天皇を称賛した語句。
そらみつ →「大和」 ニギハヤヒノミコトが空飛ぶ船に乗り大和を見下ろしたことからという説があるが未詳。	**わかくさの →「妻《つま》・夫・妹《いも》・新《にひ》」** 若草がみずみずしく、愛すべきものであるというところからこれらの語句にかかる。

Part 3

仕事、暮らしの歌

奈良京時代

宴は万葉貴族たちの命！

初春《はつはる》の　初子《はつね》の今日《けふ》の　玉箒《たまばはき》
手《て》に取《と》るからに　揺《ゆ》らく玉《たま》の緒《を》

大伴宿禰家持《おおとものすくねやかもち》
（巻二十の四四九三）

現代語訳

初春の初子の日、
その今日の玉箒《たまぼうき》――。
その玉箒を手に取ると、
それだけでもう、ほら、
玉の緒がゆらゆらと
ゆらゆらと……揺れている。

＊右中弁……大蔵省（貢物の管理などを担当）を司る右弁官の次官。

上野's EYE

今も忘れられない。はじめて正倉院展で玉箒を見た日のことを！ 私は見て、思わず叫んだ。これと同じものを大伴家持は見ていたんだぁ〜、と。

せっかく用意したのに発表できなかった歌

仕事が忙しくて宴を欠席

大伴《おおともの》家持《やかもち》によるこの歌は、天皇主催の正月の宴で披露されるはずだった。しかしあいにくなことに、この歌が詠まれることはなかった。理由は、家持の仕事が忙しくて宴に出られなかったからだ。「正月くらい仕事を休みたいなあ」と思ったかどうかはわからないが、あらかじめ用意していた歌をお披露目できなかったことについては、きっと残念がったことだろう。

この宴が開かれたのは七五八年の一月三日で、家持の歌にもある

【歌人紹介】

大伴《おおともの》宿禰《すくね》家持《やかもち》

→P82参照

【豆知識】

歌日記でわかる舞台裏

披露されなかった歌がなぜ後世にまで伝わったのか。それは家持が自身の歌日記に記録していたからだ。歌日記には初子《はつね》の日の宴についても詳しく記録されており、これだけの情報があれば、翌年以降の宴で披露する歌をあらかじめつくって準備しておくこともできただろう。

【季節のことば】

初春の初子

当時の宮廷では、毎年最初の子の日である「初春の初子」に豊年を祈って宴を開催していた。そして宴の参加者たちは、天皇からは「犂《からすき》」を、皇后からは「玉箒《たまぼうき》」を下賜《かし》されることになっていた。当時は女帝の孝謙《こうけん》天皇だったので「犂」ではなく「玉箒」となったのだと考えられる。

ように新年を迎えてはじめての「子《ね》の日」。この日は毎年宴を行うのが恒例だった。そしてその宴の席では天皇が周囲の人たちにプレゼントすることになっていた。この年にいただく予定だったものが玉箒《たまぼうき》。それを題材に家持は歌をつくったというわけだ。ちなみに当時の天皇は孝謙《こうけん》天皇で、女帝だった。

「いいね！」続々のはずが……

玉箒とは玉の飾りをつけた小さな箒《ほうき》のこと。卓上箒にイメージが近い。「天皇にいただいたこの玉箒。ほら、手に取るだけで飾りのガラス玉がゆらゆら揺れてじつに美しいではないですか。こんなすばらしいものをいただけて私はうれしいですし、それはみなさんも同じ気持ちでしょう」と、そんな思いを込めたと考えられる。

家持の脳裏には、天皇をはじめとする宴の参加者たちからの称賛の声が鳴り響いていたことだろう。今でいう「いいね！」がたくさん集まる予感。しかし前述したように、歌は発表されずに終わったのだった。宴の席で歌を披露し、称賛を浴びることは当時の貴族たちにとって重要なことであった。しかし、家持は、その機会を逸してしまったのである。

【キーワード】
玉箒

玉箒は正月の子の日に蚕室《さんしつ》を掃くための道具。儀式用としての性格が強いといっていいだろう。蚕室とは絹をつくる蚕《かいこ》の飼育所のことで、玉箒を使って掃くというのは、豊作祈願のようなもの。「いい絹がたくさん採れますように」との願いを込めていたものと考えられる。

万葉スポット
多数の物品が集まり当時の玉箒も所蔵！

正倉院《しょうそういん》（奈良県奈良市）

この時代の中央・地方の官庁や大寺には重要物品を納める正倉があり、それが幾棟も集まる一角を正倉院と呼んだ。家持が歌に詠んだ玉箒の一部が「子日目利箒《ねのひのめとぎのほうき》」として残されている。

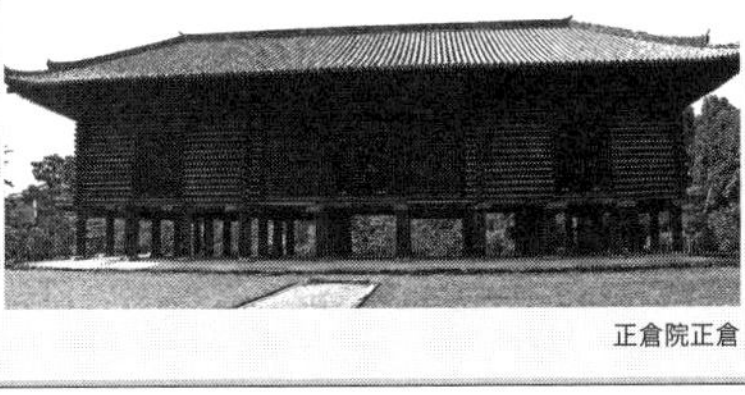
正倉院正倉

作者は単身赴任のお父さん

あをによし　奈良《なら》の都《みやこ》は
咲《さ》く花《はな》の　薫《にほ》ふがごとく　今盛《いまさか》りなり

小野朝臣老《おののあそみおゆ》（巻三の三二八）

現代語訳

奈良の都は……。
照り輝く花のように
今がまっさかり――。

遠い大宰府で都の情景がよみがえる

奈良の都、すなわち平城京のすばらしさを手放しでたたえているこの作品は、数ある『万葉集』の歌のなかでもとくにメジャーな存在といえる。そのイキイキとした描写から、春を迎えた奈良の風景を実際に目にしながら詠んだものと思ってしまいがちだが、じつはこの歌、遠く離れた九州・大宰府《だざいふ》で披露された。

作者の小野老《おののおゆ》はエリートの高官。国の重要な行政機関である大宰府への「転勤」が命じられ、単身赴任でやって来たと考えられる。

【歌人紹介】
小野朝臣老《おののあそみおゆ》（六八九～七三七）

奈良京時代の官吏。大宰少弐《だざいのしょうに》として大宰府に赴き、のちに大宰大弐《だざいのだいに》となる。大伴旅人《おおとものたびと》や山上憶良《やまのうえのおくら》らと共に万葉史上の新風をうみ出した人物とされる。

奈良に残して来た家族や都での暮らしを思い、望郷の念にかられて詠んだのがこの歌だった。

「ああ、早く帰りたい」

披露されたのは、おそらくは宴の席。ひょっとすると、赴任して来た小野老の歓迎会が開かれたのかもしれない。となると、ほかの参加者たちも同じように単身赴任者である可能性が高く、望郷の念は共有しているといっていい。

この歌は、そんな彼らへの近況報告も兼ねていたと想像できる。歌が披露されたとき、参加者のなかには感極まって袖で目元を拭う人もいたのではないだろうか。「そうですか、奈良は今も変わらず美しい都ですか。……ああ、早く帰りたい」と。

ともあれ、彼らは今でいう単身赴任の父親のように、心に一抹の寂しさを抱えながら仕事に励んだのだ。現代と違うのは、週末に新幹線に飛び乗り、気軽に帰ることができないということ。ゴールデンウィークのような休暇ももちろんない。それだけに、なおさら望郷の念も募るというものだ。なお、作者の小野老は大宰大弐《だざいのだいに》（大宰府の高官）を務めているときに亡くなっている。

【キーワード】

大宰府

筑前国《ちくぜんのくに》（福岡県北西部）に設置された行政機関。創設年は不明だが、おもに奈良京時代から平安京時代にかけて機能した。その目的は外交・防衛・九州エリア全体の統括。「遠《とお》の朝廷《みかど》」とも呼ばれ、奈良の都に似た都市整備が行われていたといわれている。

万葉スポット

往時の繁栄を今に伝える

大宰府政庁跡（福岡県太宰府市）

かつて大宰府があった場所で、今は公園として開放されている。かつての繁栄を思わせる広大な敷地内には当時の礎石が残り、その周囲に門や回廊、役所跡等が整備されている。

奈良京時代

職務怠慢で天皇に激怒された男たち

梅柳《うめやなぎ》　過《す》ぐらく惜《を》しみ
佐保《さほ》の内《うち》に　遊《あそ》びしことを
宮《みや》もとどろに

作者不記載歌（巻六の九四九）

現代語訳

春になって梅や柳が見頃を迎えたよ――。花のさかりを逃さずに遊んでいたところに、それが大変な騒ぎになってしまったんだよぉ――。

春の日は仕事なんてしたくない

ポカポカ陽気の日に「仕事を休んで遊びに行きたいなあ」と思ったことのない人はいないだろう。しかし、実際に行動に移す人はまずいない。仕事には責任感がともなうからだ。作者不記載歌のこの歌は、「仕事をさぼって遊んでいたら、えらく怒られてしまった」と拗ねているような内容で、その責任感を放棄した人物がつくったものだ。さすがに匿名希望にしたかったのだろうか。

この歌の背景として、次のようなものがある。うららかな春の日、

【歌人紹介】

作者不記載

【キーワード】

打毬《まりうち》

これは今でいうホッケーにあたる。二手のチームに分かれて杖で球を打ち合い、相手のゴールに入れるという競技だ。馬に乗ってボールを打ち合う「ポロ」のようなスタイルもあった。職務を忘れるくらいだから、当時の若者たちはよほど夢中になっていたようだ。

天皇の警護役を務める若者たちが宮中近くの春日野に遊びに行った。天気がよく、打毬《まりうち》（球技の一種）でもしようかということになったようだ。

その最中、にわかに空が曇って雷鳴がとどろいた。やがて稲妻が走り、雨も激しく降り出す。しかし彼らは「そのうち晴れるさ」と打毬を続けた。これがまずかった。

緊急事態なのに誰もいない

雷鳴がとどろいたときにすぐに戻れば、おとがめはなかったかもしれない。じつは当時の感覚だと、雷は「宮廷への祟《たた》り（攻撃）」と考えられていた。雷が鳴れば、それは緊急事態の発生を意味する。天皇の警護を担当する者たちは、何をおいても全員集合する決まりになっていたようだ。平安時代においてはこれを「雷鳴《らいめい》の陣」というが、奈良京時代にはすでに同様の決まりごとがあったらしい。

ところが天皇を警護すべき人間が、すっかり出払っていたのである。それも、遊びで。その状況で怒られなかったら、それこそどうかしている。天皇は激怒し、彼らの身柄を役所内に拘束、外出を禁止した。

【豆知識】外出禁止を命じたのは聖武《しょうむ》天皇

この歌にある「事件」が起きたのは七二七年正月。警護役を忘れた若者たちに外出禁止を命じたのは聖武天皇。「授刀寮《じゅとうりょう》」という役所内に身柄を拘束するようにとの命令だった。外出禁止というと軽く聞こえるが、「散禁《さんきん》」という当時では立派な刑罰だった。

万葉スポット

奈良の顔ともいうべき名所

春日野（奈良県奈良市）

鹿が遊び、春日大社や東大寺、興福寺など見所多彩の奈良公園。この一大観光スポット一帯が当時の春日野。平城京の東に位置し、万葉貴族たちの遊興の場として親しまれていた。

奈良京時代

大物に挑む小物

恨《うら》めしく　君《きみ》はもあるか
やどの梅《うめ》の　散《ち》り過《す》ぐるまで
見《み》しめずありける

大原真人今城《おおはらのまひといまき》
（巻二十の四四九六）

現代語訳

何とも恨めしいことをするではないですか、あなたというお方は。お庭に咲く梅の花が散ってしまうまで見せてくれないなんてねぇ——。

中臣清麻呂の屋敷
大原今城《おおはらのいまき》
大伴家持《おおとものやかもち》
七五八年二月 清麻呂を慕う者たちが集まった宴の冒頭で詠まれたのが右の歌だ
ふん
中臣清麻呂《なかとみのきよまろ》
すっ
見《み》むと言《い》はば　否《いな》と言《い》はめや
梅《うめ》の花《はな》　散《ち》り過《す》ぐるまで　君《きみ》が来《き》まさぬ
（巻二十の四四九七）
訳）見たいと言えば、いやとはいえまいな。梅の花が散りすぎてしまうまで、お前さんのほうじゃ、来なかったのは！
これは一本とられましたなぁ

上野's EYE

褒めてばかりでは、おもしろくない。チクリとやるところもないと。しかし、そのチクリも褒めることにつながっているのだ。

「無礼講なんスよね？」「ああ、もちろんだ」

若造の挑発にのる重鎮

七五八年、中臣清麻呂《なかとみのきよまろ》は客人たちを自宅に招いて宴を催した。そのしょっぱなに詠まれた歌が、この歌だ。これは非礼スレスレの行為。宴に招いてくれた人に「あなたはひどい人ですよね」と言っているに等しいからだ。しかも、参加者のなかで一番身分の低い人物がこの大原今城《おおはらのいまき》だ。相手の清麻呂は政界の重鎮であり、その大物にひよっこが噛みついたような形だ。

清麻呂はどんな対応をしたか。彼は挑発にのり、「何を言ってい

【歌人紹介】

大原真人今城《おおはらのまひといまき》（生没年不詳）

奈良京時代の歌人。七五七年に従五位下となったのち、治部少輔《じぶのしょう》・右少弁《うしょうべん》・上野守《こうずけのかみ》を歴任するが、藤原仲麻呂《ふじわらのなかまろ》の乱で官位を奪われる。その後、従五位上に復位。大伴家持《おおとものやかもち》との親交があったと考えられ、『万葉集』には九首の歌が収められている。

【豆知識】

そのあと、家持《やかもち》が登場

今城と清麻呂のやりとりのあとに登場したのが大伴家持だ。そのとき彼が詠んだ歌（巻二十の四四九八）のなかの「磯松《いそまつ》」というのは、清麻呂宅の庭から連想したもの。長寿の象徴である松を歌うことで「その調子で若い者に負けずに元気でいてください」との思いを込めたのだろう。

るんだい。君が見たいと言えば、いつでも見せてやったのに。梅の花が散ってしまうまで来なかったのは、君のほうだろ」（見《み》むと言《い》はば　否《いな》と言《い》はめや　梅《うめ》の花《はな》　散《ち》り過《す》ぐるまで　君《きみ》が来《き》まさぬ　巻二十の四四九七）と返している。

二人の間の暗黙のサイン？

一番身分の低い今城に噛みつかれた重鎮・清麻呂だが、これは本気で怒っているわけではない。こうして言い返すことで今城に「君の意図はわかったよ」とサインを送っているのだ。

今城は清麻呂を「ひどい人だ」といっているが、その真意が梅の木をほめることだとはすぐにわかる。梅の花が見られないことを残念がるほど、梅の価値、ひいてはその持ち主である清麻呂の株も上がるというものだ。また、宴の最初は堅苦しい雰囲気に包まれているものだが、それを早めに拭い去ろうという考えも今城にはあったのだろう。「今日は無礼講でいいんですよね？」「ああ、それで頼む」と、ことばに出さないまでも両者の間ではそういう暗黙のやりとりが交わされていたのかもしれない。そう考えると、若造なのにそれだけのことができる今城が逆に大物に思えてくる。

【キーパーソン】

中臣《なかとみの》朝臣《あそみ》清麻呂《きよまろ》

七〇二〜七八八年。奈良京時代の右大臣。古代の豪族である中臣氏の流れをくみ、政治の重鎮としても存在感を発揮した。この宴は清麻呂の長寿を祝する会だったとも推測され、家持が庭の松を歌ったのはそのためだったのかもしれない。

万葉植物図鑑

大陸からやってきた貴族の愛する花

梅

異名「春告草《はるつげぐさ》」のとおり、早春に花を咲かせる。原産は中国で、万葉時代の前半に渡来したとされる。『万葉集』には梅を詠んだ歌が119首収められており、萩に次いで多い。

奈良京時代

罵詈雑言《ばりぞうごん》も芸のうち

寺々《てらてら》の　女餓鬼《めがき》申《まう》さく
大神《おほみわ》の　男餓鬼《をがき》賜《たば》りて
その子《こ》孕《はら》まむ

池田朝臣《いけだのあそみ》
（巻十六の三八四〇）

仏造《ぶつつく》る　ま朱《そほ》足《た》らずは
水溜《みづた》まる　池田《いけだ》の朝臣《あそ》が
鼻《はな》の上《うへ》を掘《ほ》れ

大神朝臣奥守《おおみわのあそみおきもり》
（巻十六の三八四一）

現代語訳

あちこちの寺にいる女の餓鬼が言うことにゃあ……大神の男の餓鬼を夫に迎えて、その子どもをうみたい――。

現代語訳

仏様をつくるときに赤い塗料が足りなかったら、池田朝臣の鼻からもってくりゃいい。水が溜まる池じゃないけど、それくらいの役には立つさ。

「ガリガリ」、「赤鼻」とバカにし合って

宴の席になくてはならないもの、それは笑いだ。万葉びとたちはどのように宴で遊んだのか。『万葉集』巻十六の歌のなかには宴での歌を伝えているものがいくつかある。この歌の詠み手たちは、宴の場で互いに相手の身体的特徴のあら探しをして歌にし、それをあざけ笑うという火花散るやりとりを行っている。

「ガリガリ」というのは大神朝臣奥守《おおみわのあそみおきもり》、いっぽうの「赤鼻」というのは池田朝臣《いけだのあそみ》のこと。池田朝臣は「これだけ痩せた男を好きになるのは同じくらい痩せた餓鬼くらいなもんだ」と言っており、それを受け大神朝臣奥守は「仏像を塗るときに朱色が足りなかったら、奴の赤鼻からもってくればいい」と反撃した。今の時代、身体的特徴をネタに笑いを取ろうものなら「炎上」間違いなしなのだが、万葉の時代にはそれも趣向の一つとして楽しまれていたのだ。

相手の特徴を見抜く観察力と、それを別のものに置き換える比喩力、そして歌に昇華させる創造力が必要になるため、高度で知的なやりとりだったともいえる。それを互いに理解したうえで行われたバトルだったのかもしれない。

【歌人紹介】

池田朝臣《いけだのあそみ》（生没年不詳）

『万葉集』には名前が伝わっておらず詳細は不明。一説では鎮守《ちんじゅ》副将軍を務めた池田真枚《いけだのまひら》。真枚は敗軍したため官を解かれた。

大神朝臣奥守《おおみわのあそみおきもり》（生没年不詳）

七六四年正月に従五位下《じゅごいげ》に叙せられた。『万葉集』に収められているのは池田朝臣とのやりとりを交わした、この一首のみ。

【キーワード】

餓鬼《がき》

子どもをけなすときの「ガキ」ではなく、仏教でいう六道《ろくどう》の一つ「餓鬼道」に落ちた者たちのこと。餓鬼はつねに飢えと渇きに苦しみ、体はガリガリ。なのにお腹はぽってりとふくらんでいる。ちなみに六道のほかの五つは「地獄道」「畜生道《ちくしょうどう》」「（阿《あ》）修羅道《しゅらどう》」「人間道」「天道」。

飛鳥京時代

みんなに期待される宴会芸人

蓮葉《はちすば》は　かくこそあるもの
意吉麻呂《おきまろ》が　家《いへ》なるものは
芋《うも》の葉《は》にあらし

長忌寸意吉麻呂《ながのいみきおきまろ》（巻十六の三八二六）

現代語訳

そうでした蓮の葉というのは
このようなものでしたねえ。
私め意吉麻呂の家にあるの
は芋の葉っぱでございます。

＊恋人や妻のこと

上野'sEYE
楽しく飲む！　楽しく食べる！　それが宴の基本だ。だから、ときには妻も自虐ネタに使うのである。

無茶振りなんのその期待を超えるモノ芸

アドリブが凄かった歌人

宴会の席で盛り上がる趣向の一つに「モノ芸」がある。その場にあるモノを別の何かに見立てて笑いを取る芸で、たとえばビール瓶を頭にのせて「チョンマゲ」と一言……というのがわかりやすいだろうか。意吉麻呂《おきまろ》のこの歌は、まさにそのモノ芸的なノリで詠まれたものだ。万葉びとたちは同じ芸をするのでも、歌に託していたわけで、じつに優雅ではないか。

意吉麻呂は場に応じた機転をきかせつつ、軽やかな笑いで宴会を

【歌人紹介】

長忌寸意吉麻呂《ながのいみきおきまろ》

（生没年不詳）

持統《じとう》・文武《もんむ》時代の歌人。柿本人麻呂《かきのもとのひとまろ》とほぼ同時代に活躍したが、詳細な履歴は伝わっていない。当意即妙な才能の持ち主で、宴の席において滑稽な歌を詠むことで評判を取っていた。十四首の短歌が残っているが、そのうち八首が宴席で参加者の要望に応えて詠んだもの。

【豆知識】

当時の双六《すごろく》はバックギャモン

意吉麻呂の「一二《いちに》の目《め》　のみにはあらず　五《ご》六三《ろくさむ》　四《し》さへありけり　双六《すぐろく》の頭《さえ》　巻十六の三八二七」から推測できるように、当時の宴の席では双六遊びも行われていたようだ。現在の絵双六とは違って、この時代のものは、二人で遊ぶスタイル。バックギャモン（西洋双六とも。二人で複数のコマを使って遊ぶ）に似た遊びだった。

盛り上げる人気者だった。とある宴会のとき、その意吉麻呂に対し「意吉麻呂さん。一つ、そこにある蓮の葉で何か詠んでみてくださいな」と誰かがリクエストをしたのだろう。それに応えて詠んだのがこの歌だった。

自分を卑下して笑いを取る

この歌を理解するには、当時の宴において蓮の葉が田舎のような素朴な感じを演出する食器として使われることが多かった、という知識が必要だ。また、蓮の葉と芋の葉が似ているということも。

歌の内容は、宴に使われた蓮の葉をほめるいっぽうで、自分の家にある蓮の葉を芋の葉のようだとおとしめるもの。自身を卑下することで笑いを取るスタイルだ。これは現代にも通じる。

なお、この「芋」は同じ音で妻や恋人のことを指す「妹《いも》」にかかっていて、じつは自分の妻のことを指しているのではないか……という説もある。おそらく宴会には今でいうコンパニオンのような女性たちもいたはずだ。彼女たちの美しさと自身の妻とを比較して笑いを取ったというところだろうか。ダシに使われた当の奥さんにしてみたら笑えない話である。

【キーワード】

芋

パッとしないことを「イモっぽい」というが、この歌にあるように万葉の時代から使われていたとは驚きだ。この「芋」はサトイモのこととされている。現代ではジャガイモやサツマイモが思い浮かぶが、当時はこれらがまだ日本にもたらされておらず、サトイモが主流だった。

万葉植物図鑑

ときには食器にも使われた

蓮

現代では「はす」と発音するが、万葉の時代は「はちす」と読んでいた。蓮の葉を食器に使った例はこのほかに巻16の3837の歌にも見られる。

奈良京時代

天下の秀才が放つおとぼけギャグ

秋《あき》の野《の》に　咲《さ》きたる花《はな》を
指折《およびを》り　かき数《かぞ》ふれば　七種《ななくさ》の花《はな》

山上臣憶良《やまのうえのおみおくら》（巻八の一五三七）

現代語訳

さあさあ、みなさん、
聞いてください。
秋の野に咲いている花を
指折り数えてみたら
七種類あるんですよ。

満座の注目を集める前フリ

この歌は後述するもう一つの歌とセットになっていて、二つ合わせることで笑いをうみ出す仕掛けが施されている。いわば、ギャグの前フリだ。内容は「みなさん、聞いてください。秋の野原に咲く花は七つもあります。私はこれからそれを詠み込んだ歌を披露しましょう」というもので、大風呂敷を広げる役割を担っている。七つもの花を一つの歌に織り込むというのは至難の業。しかし、そう言う当人は遣唐使の随員として海を渡った秀才にして努力家の山上《やまのうえ》

【歌人紹介】
山上臣憶良《やまのうえのおみおくら》
→P75参照

【豆知識】
エリートから選ばれる遣唐使

七世紀から九世紀にかけて朝廷が唐の国に派遣した使節が遣唐使。その目的は唐の文化の輸入だった。正式な外交使節であり、選ばれたのは当時のエリートたち。奈良京時代の遣唐使は阿倍仲麻呂《あべのなかまろ》や吉備真備《きびのまきび》が有名。平安京時代には空海《くうかい》と最澄《さいちょう》も遣唐使として海を渡っている。

憶良《おくら》だ。「この人ならできる」という思いが一座にはあったのだろう。

満座の期待を一身に集めながら、憶良は「萩《はぎ》の花《はな》　尾花葛花《をばなくずはな》　なでしこが花《はな》　をみなへし　また藤袴《ふぢばかま》　朝顔《あさがほ》が花《はな》　巻八の一五三八」と詠んだ。聞いた人たちはポカンとしたに違いない。そしてツッコミを入れたはずだ。「花の名前を並べただけじゃないか！」と。

秀才として一目置かれていることを彼自身、自覚していたのだろう。その期待に肩透かしをくらわせ、笑いに転じるところにひょうひょうとした人柄が感じられる。

さあ皆、ツッコんでくれ！

憶良には「乳飲み子が泣いておりましょうし、その母も帰りを待っているでしょうから」（憶良《おくら》らは　今《いま》は罷《まか》らむ　子《こ》泣くらむ　それその母《はは》も　我《あ》を待《ま》つらむぞ　巻三の三三七）という宴会を途中で退席するときの歌もある。この歌の表現をそのまま受け取ると、野暮《やぼ》な退席の理由にも思えるが、当時憶良は七十歳近い。それはみんなも知っているわけで、この歌は「乳飲み子……いい歳してそれはないでしょう。まさか愛人ですか!?」というツッコミを誘うものと考えられる。一筋縄ではいかないのが、山上憶良という人なのだ。

【豆知識】

知識重視の時代

この時代、律令制の下、学問によって出世する新しいタイプのエリートが登場していた。なかでも憶良は一番の出世頭といえるだろう。彼は無位無官からスタートして、皇太子時代の聖武《しょうむ》天皇の家庭教師を務め、さらには現在の県知事クラスの役職についている。それだけ遣唐使経験者の知識が重宝されたのだろう。

【キーワード】

秋の七草

憶良が歌った七つの草が、当時の「秋の野の七草」ということになる。後の時代には「春の七草」もできた。ちなみに「春の七草」は観賞用ではなく、食用。お正月に食べる七草がゆに使われる七種類の若菜（セリ・ナズナ・ゴギョウ・ハコベラ・ホトケノザ・スズナ・スズシロ）のことだ。

仕事より大切なものがあるだろ？

麻苧《あさを》らを　麻笥《をけ》にふすさに　績《う》まずとも
明日《あす》着《き》せさめや　いざせ小床《をどこ》に

作者不記載歌（巻十四の三四八四）

現代語訳

麻をそんなにせっせと紡いだとしてもね、明日着られるってわけでもないよね。それより仕事を切り上げて、ベッドに行こうよ。

上野'sEYE

今なら、セクシャルハラスメントになるだろう。そこは、古代の歌の世界のこととして理解してほしい。

冷やかしのような歌 じつは彼らの照れ隠し

糸を紡ぐ女たちのところへ……

この時代、衣服をつくる仕事は女性が担っていた。その素材としてよく使われていたのが麻だ。この歌では麻の繊維をせっせと紡いで糸にしている女性たちの姿が描かれている。

歌にある「麻苧《あさを》」というのは麻の繊維のかたまりのこと。ここから繊維を一本一本取り出して、より合わせることで糸にした。その糸を保管するための容器が「麻笥《をけ》」だ。すなわち「オケ（桶）」の語源だ。紡がれた糸はこのあと、織りや水にさらして干すという工

【歌人紹介】

作者不記載

【豆知識】

巻十四は東歌《あずまうた》大特集

この歌が収められている「巻十四」は東歌のみが収められている。東歌というのは近畿から見て東の方角にある国々から集めた歌のことで、いずれの歌に関しても作者の名前は伝わっていない。貴族たちではなく一般的な民衆の感覚を伝える歌が多いことが特徴だ。

【キーワード】

未勘国歌《みかんこくか》

『万葉集』に収められている東歌は全部で二百三十首にのぼる（二百三十八首とする説も）。このうち「上総国《かみつふさのくに》」「信濃国《しなののくに》」「陸奥国《みちのくのくに》」など国名が明記されているものが九十首あり、そうでないものが百四十首。後者は国名がわからず「未勘国」と表記される。この歌もその一つだ。

程を経て布になる。したがって彼女たちが紡いでいる糸が、次の日に着用できる状態になっていることはあり得ない。「明日着せさめや」とは、そのことを言っている。

言っているのは誰かといえば、もちろん男性陣だ。「明日すぐ着られるわけでもないのに、そんなにがんばっても仕方ない。それより、ほかにすることがあるだろ？」と誘っているわけだ。

あっけらかんと性を語る

「男性陣」と複数にしたのは、そのほうが歌の情景によりふさわしいと思えるからだ。何人かで集まって麻を紡いでいる女性たちのところに男たちがやって来て、からかい半分に声をかけている……というほうがしっくりくる。「楽しいこと」とは「小床（寝床）」が示すように男女の営みのことだが、これも集団のなかで発せられるからこそ、あっけらかんとしたユーモアが漂うことになる。

「なあ。仕事なんてさっさと終わらせて、楽しいことしようよ」と歌う男性陣に対して「何言ってるの。私たちはね、あなたたちみたいにヒマじゃないのよ」と憎まれ口を叩きながらもまんざらではないようす。そんな彼女たちの表情も浮かび上がってくる。

【豆知識】明日着せさめや

歌にある「明日着せさめや（明日着られるわけでもない）」ということばどおり、一枚の布をつくるには大変な時間がかかった。糸を紡ぐのに数カ月、さらに織るのにも数カ月。そこからまた水にさらしたり干したりと仕上げを行い、そのうえでやっと仕立てることができた。

万葉植物図鑑

成長の早さが特徴 古代日本の重要植物

麻

クワ科の一年草で「麻百日《あさひゃくにち》」といわれるほど成長が早いのが特徴。糸となる繊維は茎の皮の部分。古くから日本に伝わり、重要な繊維植物として栽培が行われていた。

奈良京時代

健気な姿にムネアツ!

多摩川《たまがは》に　さらす手作《てづく》り
さらさらに　なにそこの児《こ》の
ここだかなしき

作者不記載歌（巻十四の三三七三）

現代語訳

多摩川で布を水にさらしているあの娘を見ると、さらにさらに思いが募る……。どうして、どうしてこんなにも彼女のことが恋しいのだろう――。

布づくりは重労働だった

この歌にある「多摩川」とは今も名が残っている多摩川のこと。東京湾に流れ込む河川だ。多摩川沿いには調布《ちょうふ》や田園調布《でんえんちょうふ》など「布」のつく地名が多い。これはこの川で布づくりがさかんだったことのなごりと考えられる。

ちなみに調布の「調」とは律令時代の税である「租庸調《そようちょう》」の「調」のこと。調布は税として納められた布を指す。このことからも、この一帯が布の産地だったことがわかる。

【歌人紹介】
作者不記載

【豆知識】
万葉時代から大国だった武蔵国《むさしのくに》

この歌がうまれた武蔵国は、現在の東京都および埼玉県のほぼ全域、さらに神奈川県の横浜市・川崎市一帯を含む旧国名。当時からの大国で、二十一の郡があり、国府《こくふ》が置かれたのは多《た》麻《ま》郡（東京都府中市）。その地名からも、ここが布の産地だったことが推測できる。

布は繊維を糸とし、糸を織ることでつくられる。織ったあとは不純物を取り除くために川の水にさらす必要があった。そして、砧《きぬた》で打ち、天日に干す。それを何度もくり返すのだ。この工程によって光沢のあるしなやかな布ができるわけだが、けっして楽な作業ではない。むしろ過酷な重労働だったといえるだろう。

それは清流のような恋

この歌はその重労働を行っている娘への思いを詠んだものだ。裾をまくって脚を川につけ、布を洗っている姿を遠くから眺め、「がんばってるよな、あいつ……」とつぶやく男性。そんな情景が浮かび上がる。

歌にある「さらさらに」とは「多摩川にさらす」にかけていることばで、思いがさらに募るという意味だが、川のせせらぎも感じさせる。清流のように清らかな愛情を表現したのかもしれない……と、それこそさらに深読みしてみたくなる。

愛する女性のひたむきな姿を見て、胸がキュンとなった。と、そんな歌なので「あ、それわかる」と強くうなずく男性読者もきっと多いことだろう。

【キーワード】

砧《きぬた》

当時は織りの技術がまだ洗練されておらず、手を加えないとごわごわと硬い布しかできなかった。それを柔らかくするために行われたのが「衣叩《きぬたた》き」。木槌《きづち》で叩くことで全体をソフトにし、光沢も出るようにした。この木槌のことを「砧」という。

万葉スポット

最初の建立は江戸時代

玉川碑（東京都狛江《こまえ》市）※

この歌を刻んだ碑が狛江市の多摩川近くに立てられている。建立されたのは江戸時代で、松平定信《まつだいらさだのぶ》が記した。初代は水害で流されたが、大正時代に二代目が再建された。

協力伊豆美神社　写真提供狛江市教育委員会

※玉川碑は伊豆美神社の飛び地境内にあります。お問い合わせは伊豆美神社へ。（狛江市中泉3-21-8／電話：03-3489-8105）

時代不詳

恋に関する俗信がずらり

眉根《まよね》掻《か》き　鼻《はな》ひ紐《ひも》解《と》け　待《ま》つらむか
いつかも見《み》むと　思《おも》へる我《あれ》を

作者不記載歌（巻十一の二四〇八）

現代語訳

眉がかゆくなって掻《か》いていることだろう。くしゃみも出たことだろう。下紐《したひも》も緩んでいるに違いない。そんな風に待っているのかな。早く会いたい、とこんなに思っている僕なんだが。

ある貴族の屋敷
ワイ
ワイ
はっくしゅ！
ずび
おいおい汚いな
恋人が俺に会いたいと思ってくれているんだから、仕方ないだろう？
この時代恋人が自分と会いたいと思っていると
眉根がかゆくなるくしゃみが出るひもが解けるなどの俗信があった
そうかよ……
うちの恋人も今頃きっと大変だろうさ

上野'sEYE

思い出すのは、思いニキビと思われニキビ。顔の内でニキビのできる場所で恋のことを知ろうとしたものだが……。

くしゃみがでる それは恋人が来る合図

会えない彼女のようすを思う

万葉の時代の一般的な恋愛スタイルは、男性が女性の家を訪ねて行くというものだった。だいたい女性は待つ立場で、男性は待たせる立場となる。

この歌は自分を待っている女性の心情を男性が想像しているようすを描いている。歌にある「眉を搔《か》く（眉がかゆくなる）」「くしゃみをする」「下紐《したひも》がほどける」というのはいずれも恋に関する俗信。これらは好きな人に会える前兆と考えられていた。「僕がこれほど

【歌人紹介】

作者不記載

【豆知識】

『柿本人麻呂歌集《かきのもとのひとまろかしゅう》』に収録

この歌はもともと『柿本人麻呂歌集』に収められていたもの。『人麻呂歌集』そのものは現存していないが、『万葉集』への採録は三百六十四首にのぼる（諸説あり）。人麻呂の作品ではないが、『万葉集』を代表する偉人が選んだ歌と考えれば、また味わいも深くなるというものだ。

【キーワード】

待てりやも

「眉根搔《まよねか》き　鼻《はな》ひ紐《ひも》解《と》け　待《ま》てりやも　いつかも見《み》むと　恋《こ》ひ来《こ》し我《あれ》を」も巻十一に収められている（二八〇八）。こちらも『人麻呂歌集』にあったもの。先出の二四〇八番歌では「待っていてくれているかな」だが、この歌では「待っていてくれたのですか」になっていて、後日談としても読めそうだ。

会いたいと思っているんだから、きっと彼女の身にはいろんな前兆が次々に起こっているに違いない」と言っているわけだ。彼女の家に向かう途中でのことか、それとも行けなくなって彼女のようすを思い描いているのか……。

　くしゃみに関しては、今でも似たような俗信がある。誰かのうわさをしているときに「あいつ、きっと今ごろくしゃみしているぜ」というアレだ。三回くしゃみをすると誰かに惚れられているという俗信もある。

まるで「心の鏡」のような

　ところでこの歌から受ける印象だが、男の自信満々かつ得意げな笑顔を思い浮かべる人もいれば、疑心暗鬼で不安混じりの顔を思い浮かべる人もいるのではないだろうか。「待っているかな」という一言も、言い方によってはニュアンスが違ってくる。試しに笑顔を浮かべながらと首を傾げながらで、それぞれ同じことばを口にしてみてほしい。印象はガラリと変わるはずだ。これはどちらが正解ということでもなく、受け手の気持ちを反映する「心の鏡」のような歌と考えるほうがいいのかもしれない。

【キーワード】君にしありけり

　右の二八〇八番歌は問答になっていて、その答の歌が「今日《けふ》なれば　鼻《はな》の鼻《はな》ひし　眉《まよ》かゆみ　思《おも》ひしことは　君《きみ》にしありけり　巻十一の二八〇九」。マンガのページで女官が詠んでいた歌だ。これによって女性のほうも待っていてくれたということで、めでたしめでたしとなる。

【美しいことば】鼻《はな》ひ

「鼻ひ」とは「鼻ひつ」の略。「ひつ」は濡れている状態のことを指す。つまり「鼻ひつ」は鼻がびしゃびしゃになっている、あるいは鼻水が垂れているということで、その原因となったくしゃみを意味する。万葉びとたちにとっては、垂れた鼻水も好感を抱く対象だったのだ。

奈良京時代

いつでも君に包まれていたい！

我妹子《わぎもこ》は　衣《ころも》にあらなむ
秋風《あきかぜ》の　寒《さむ》きこのころ
下《した》に着《き》ましを

作者不記載歌（巻十の二二六〇）

現代語訳

僕の彼女が下着だったら
いいのに……。
秋風が寒いこの頃は、
下に着てみたい。

今とは違う万葉の勝負下着

万葉の時代、女性が意中の男性に対して自分の下着を贈るという習慣があった。今の時代の感覚からすると、やや倒錯的な印象をもってしまうが、人の価値観というものは時代によって変わる。万葉の時代の「勝負下着」はみずから着用するのではなく、相手にプレゼントすることだったのだ。……とはいうものの、当時はブラジャーやパンティなどはもちろん存在しなかった。それを考えると倒錯感もグッと少なくなるはずだ。

【歌人紹介】
作者不記載

【豆知識】
かたみ

上段でも述べているように、下着を贈り合う行為は一般的だった。これには愛情表現だけではなく、「かたみ」としての意味もあった。相手をしのぶよりどころの品のことだ。二人で見た風景、二人で植えた植物などもかたみだった。

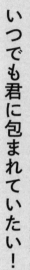

下着を贈るのは「身体を冷やさないでね」という実用的な意味があるのと同時に「いつも私のことを身近に感じていてね」という思いも込められ、一石二鳥の効果があったわけだ。

寒いとなおさら恋しくなる

そういう習慣があることを知ったうえでこの歌を受け止めると、シンプルに「彼女にそばにいてほしい、そして温めてほしい」と言っていることがわかるはず。秋風が身に染みる季節は人恋しくなるが、この歌の作者はその肌寒い時期に大好きな彼女のことを思い描いているわけだ。そばにいてくれたら幸せで寒さなんてどうでもよくなる、くらいの勢いだったかもしれない。さらに想像をふくらませると、なかなか会えない二人だったとも考えられる。

そんな風に思われる女性のほうもさぞかし幸せだっただろう。人の価値観は時代によって変わるが、人が人を恋しく思う気持ちは決して変わらないのだ。ちなみに大伴家持《おおとものやかもち》も妻である大伴坂上大《おおとものさかのうえのおお》嬢《いらつめ》に向けて「秋風《あきかぜ》の　寒《さむ》きこのころ　下《した》に着《き》む　妹《いも》が形見《かたみ》と　かつも偲《しの》はむ　巻八の一六二六」という歌を詠んでいる。偉大な歌人も妻の下着を見て妻を思っていたのだ。

【美しいことば】
しのふ

特定の物事を思い慕うときに使うことば。目の前にない、遠くにあるものを思うときに使われる場合が多かった。その根底には深い愛がある。遠く離れた恋人を思うのも、故人にもっと優しくしておけばよかったと思うのも「しのふ」だ。

【豆知識】
麻の下着で万葉気分に

肌に直接着用する衣としては「汗衫《かざみ》」というものもある。この汗衫は夏に着る麻製の衣で、目的は汗取り。装束に汗がにじむのを防ぐために使われた。少しザラザラ感のある麻だが、水分を素早く逃してくれる点で今も暑い季節には好まれている。

時代不詳

結ぶのは、愛

白《しろ》たへの　君《きみ》が下紐《したびも》
我《われ》さへに　今日《けふ》結《むす》びてな
逢《あ》はむ日《ひ》のため

作者不記載歌（巻十二の三一八一）

現代語訳

あなたの着物の下の紐《ひも》……
今日はね、私も手を添えて
結びましょう――。
また会う日のことを思って。

下着の紐はネクタイとファスナー

愛する男性のネクタイをきっちりと結んであげる。それは女性にとって幸せを感じるシチュエーションではないだろうか。いっぽうの男性も、愛する女性から「ねえ。背中のファスナー、閉めてくれない？」と頼まれるとうれしくなるはずだ。そういう男女の気持ちの機微に通じる心情が、この歌では詠まれている。

万葉の時代、二人だけの時間を過ごした男女は、別れ際に互いの下着の紐を丁寧に結ぶことをつねとし、そのことで相手への愛情を

【歌人紹介】
作者不記載

【豆知識】
下紐《したひも》は特別な結び方で

今は「したひも」と濁らずに読むが、万葉の時代には「したびも」と読んでいた。恋人同士が二人だけの時間を過ごし、相手の下紐を結ぶ際は特殊な結び方をすることが多かった。結び方に意味をもたせ愛情を表現したり、再会したときの会話のネタにでもしたのだろうか。

表現したのだ。それは同時に「どうか、この人とまた会えますように」という祈りを込めた行為でもあった。おまじないの一種といってもいい。そして互いに丁寧に結んだ下紐《したひも》が自然にほどけてきたら、再会の日が近づいている前兆ととらえていた。

どう転んでも、ポジティブ

では、きっちりと結んでしまったあまりに、自然にほどけてこなかったらどう思うのだろう？　二人はなかなか会えないということになるわけだが、こういうときは「自分たちの結びつきは強いんだ！」と前向きにとらえていたようだ。ほどけてもよし、ほどけなくてもよし。まことにポジティブだ。

巻十二の二八五一に「他人の目につく上着の紐は結んでおくけど、目につかない下紐はほどいておく。そしてあなたのことを思う」（人《ひと》の見《み》る　上《うへ》は結《むす》びて　人《ひと》の見《み》ぬ　下紐開《したびもあ》けて　恋《こ》ふる日《ひ》そ多《おほ》き）という歌がある。これはみずから紐をゆるめることで会える日を呼び寄せようというもの。これもこれで積極的だ。『万葉集』はこのように、当時の恋人たちのラブラブな表現を、歌を通してさまざまに教えてくれるのだ。

【キーワード】
下紐解《したびもと》く

下紐ということばに関連して「下紐解く」といった場合、「共寝」を意味することもある。

【美しいことば】
「白たへ」

枕詞としてよく知られる「白たへの」の「たへ」とは布のこと。白い色なら「白たへ」で、柔らかい布なら「にきたへ」、荒い布なら「あらたへ」である。

【豆知識】
悲別歌

この歌を含めた三十一首の歌の分類には、「悲別歌」とある。別れを悲しむ歌という意味で、旅立つ夫を見守る歌や、旅中の夫を思う歌が集められている。対して三一二七番からの五十三首の歌の分類には「羈旅《きりょ》にして思ひを発《おこ》す」とあり、こちらは旅先で読んだ恋の歌。二つの分類が対のような配置で収載されている。

奈良京時代

初々しい新婚夫婦のやりとり

我《わ》が業《なり》なる　早稲田《わさだ》の穂立《ほたち》
作《つく》りたる　縵《かづら》そ見《み》つつ
偲《しの》はせ我《わ》が背《せ》

大伴坂上大嬢《おおとものさかのうえのおおいらつめ》（巻八の一六二四）

現代語訳

この髪飾り、よくできてるでしょ。
これはね、私が種を蒔いて育てた稲でつくったもの——。
縵を見て私のことを思い出してね。

我妹子《わぎもこ》が　業《なり》と作《つく》れる
秋《あき》の田《た》の　早稲穂《わさほ》の縵《かづら》
見《み》れど飽《あ》かぬかも

大伴宿禰家持《おおとものすくねやかもち》（巻八の一六二五）

現代語訳

愛しい君がつくったというこの髪飾り……。
これはもう本職かと思うくらいのすばらしさ——。
何度見ても何度見ても飽きないよ。

上野'sEYE
本当は、家持がやらねばならぬ仕事を大嬢がしている。だから、負い目というものがあるのだろう。世の夫どもよ、妻への感謝を忘れてはいけませんぞぉ——。

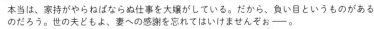

都と田舎を行き来するデュアルライフ

一族が経営する土地を守る

万葉時代の貴族たちは都周辺に邸宅を構え、家から都へ出勤して働いていた。一方で、万葉貴族たちは郊外にみずからの一族が経営する田んぼや菜園をもっていた。その土地のことを「庄《たどころ》」と呼び、米や野菜などがつくられていたという。大伴家持《おおとものやかもち》の一族の庄があったのは現在の奈良県橿原《かしはら》市と同じく桜井市。

それぞれ奈良市からは歩いて五時間近くかかる。当然、頻繁に行けるはずもなく、普段は管理人を置いていたと考えられる。とはい

【歌人紹介】

大伴坂上大嬢《おおとものさかのうえのおおいらつめ》（生没年不詳）

奈良京時代の歌人。大伴家持の従兄妹にして妻。母親は万葉歌人の大伴《おおとも》坂上郎女《さかのうえのいらつめ》。『万葉集』には彼女の作品が十一首収められている。

大伴宿禰家持《おおとものすくねやかもち》

→P82参照

【豆知識】

庄《たどころ》を管理する仕事

大嬢が庄でしていた仕事は、農作業の監督、視察、事務などが中心だったと考えられている。この時代、お嬢様育ちの女性が直接農作業をすることはほとんどなかった。とはいえ庄でつくられた米や野菜は、平城京に住む貴族たちの食卓を支えており、監督も重要な仕事だった。

え、春の作づけと秋の収穫には立ち会う必要があり、そのときは家族そろって足を運んだことだろう。この二首の歌は、そういう背景下で交わされたものだ。

新妻の贈り物にリアクションする夫

七三九年、大伴坂上郎女《おおとものさかのうえのいらつめ》は自分の娘である大伴坂上大嬢《おおとものさかのうえのおおいらつめ》と甥っ子の家持を結婚させた。この年の秋、収穫に立ち会うため庄に訪れた家持とその妻・大嬢。

しかし仕事が多忙な家持は一足先に平城京へ帰る。その夫に対して「こっちは順調よ！」と報告がてら、大嬢は刈ったばかりの稲でつくった縵《かずら》（髪飾り）を贈ったのだ。

それを受け取った家持は「安心したよ」という意味も込めて「それにしてもすばらしい髪飾りだね。これはプロも顔負けだ！」とほめちぎっている。かなり大げさな表現だ。大嬢が「我《わ》が業《なり》なる」ということばに込めた自負をくんでのことだろう。

当時、二人は新婚ほやほや。家持は二十二歳頃、大嬢は十八歳頃との推定もある。無邪気な妻と、そのようすに目を細める夫の笑顔が伝わってくる。

【キーワード】

縵《かずら》

大嬢は稲で髪飾りをつくったが、稲以外にも桜や梅の花、青柳《あおやぎ》、菖蒲草《あやめぐさ》、百合《ゆり》、橘《たちばな》を素材とした縵が『万葉集』では歌われている。単なる飾りではなく、植物の生命力にあやかりたいとの思いや邪気をはらうという意味もあったようだ。

万葉植物図鑑

収穫の感謝を表す神事のアイテム

早稲穂《わさほ》

早くに収穫した稲穂のこと。これから稲の刈り入れが始まることを宣言する神事で使われた。

万葉のすれ違い夫婦

ねもころに　物《もの》を思《おも》へば
言《い》はむすべ　せむすべもなし
妹《いも》と我《あれ》と　手《て》携《たづさ》はりて
朝《あした》には　庭《には》に出《い》で立《た》ち
夕《ゆふへ》には　床《とこ》打《う》ち払《はら》ひ
白《しろ》たへの　袖《そで》さし交《か》へて
さ寝《ね》し夜《よ》や　常《つね》にありける
あしひきの　山鳥《やまどり》こそば
峰《を》向《む》かひに　妻問《つまど》ひすといへ
うつせみの　人《ひと》なる我《あれ》や
なにすとか　一日《ひとひ》一夜《ひとよ》も
離《さか》り居《ゐ》て　嘆《なげ》き恋《こ》ふらむ
（以下略）

大伴宿禰家持《おおとものすくねやかもち》
（巻八の一六二九）

現代語訳

しみじみと思うのだけれど、ことばにできず、手立てもない。
君と僕二人で手をつないで、朝は庭にたたずんだっけ。
夜はベッドをきれいに整えて、袖と袖とを交わしあったっけ。
そんな日々も数えるほどしかなかったね……。
山鳥だったらひとっ飛びで君に会いに行けるのに。
人間の僕にはそれも無理。
ほんと、どうすればいいのだろう。一日一夜がもどかしい。
離れて暮らすことは辛く、
君がとても恋しい。
（以下略）

遠のくばかりの理想の夫婦生活

この歌は大伴家持《おおとものやかもち》が「やれやれ」と吐息をついているようすを伝えてくる。大伴坂上大嬢《おおとものさかのうえのおおいらつめ》と結婚したはいいものの、仕事が忙しくてなかなか会えない。そんな自分の境遇を嘆いているのだ。

このとき家持は恭仁京《くにきょう》にいて、一方の大嬢は平城京に残っていた。恭仁京と平城京は距離にして約十五キロ。車も電車もない時代、そう頻繁に行き来できる距離ではない。「山鳥だったらひとっ飛びで行けるのに」と言いたくもなるというものだ。

この歌からは家持が理想とする夫婦の暮らしがどのようなものかも感じ取れる。朝は一緒に庭を眺めながら仲よくし、夜は布団のなかでもっと仲よく過ごす。家持は妻とずっとそういう時間を過ごしたかったようだ。よほど大嬢が好きだったのだろう。ここで庭が出てくるのは、大嬢と庭で遊んだ思い出があったのだろうと推測できる。そのような思い出を思い浮かべながら「夫婦らしいことをしたのは数えるほどしかない」と肩を落としているわけで、愛する相手に会えない切なさは、時代を超えて誰もが共有できる感情といえるだろう。

【歌人紹介】

大伴宿禰家持《おおとものすくねやかもち》

→P82参照

【豆知識】

首都移転につき多忙

七四〇年、聖武《しょうむ》天皇は新たな都として恭仁《くに》京の建設を命じた。しかし、建物の移築や建築はなかなか進まない。家持はその造営中に現地でさまざまな業務に追われ、妻に会う時間がとれなかったのだ。なお『万葉集』では「久邇《くに》」という字が用いられる。

【美しいことば】

すべ

何かをなそうとするときのやり方、仕方のこと。『万葉集』では多くの場合、打ち消しをともなって登場する。この歌に出てくるように「すべなし」は、愛しい人と遠く離れたり、暮らしが立ちいかなくなったりして、どうしようもなくて茫然自失、というようなときに使われる。

column

万葉のツボ④

歌の種類と形式

歌の分類に関する基本用語をチェック。

歌の種類（三大部立《さんだいぶたて》）

『万葉集』に収められた歌は、大きく3つの部立に分けることができる。この歌はどの部立の歌なのかと考えて読むことで、また違った楽しみ方を味わえるだろう。

雑歌《ぞうか》	『万葉集』では相聞、挽歌以外のすべてのことをいう。宮廷の儀式、宴《うたげ》、行幸《みゆき》などの場で詠まれた公的な歌を含む。**(例)P38**
相聞《そうもん》	ほとんどが男女の恋の歌だが、もともとは相聞往来の意味で、親子、兄弟姉妹などの間で詠まれた歌も含む。**(例)P76**
挽歌《ばんか》	元は葬送の棺を挽《ひ》く際に詠まれた歌だったが、『万葉集』ではそれ以外も広く人の死に関する歌のことをいう。**(例)P198**

歌の形式

限られた文字数のなかで詠まれる情景や心情。歌にはさまざまな形式がある。それらを知れば、さらに理解も深まるだろう。

長歌	五・七をくり返し、最後を五・七・七で結ぶ。『万葉集』の時代、しかも柿本人《かきのもとのひと》麻呂《まろ》の時代が、最もさかんだった。短歌形式の反歌がセットになっている場合が多い。**(例)P104**
短歌	五・七・五・七・七の三十一字からなる歌。第一句（初句）から第三句を上の句または本《もと》、第四・五句を下の句または末《すえ》ということもある。**(例)P44**
旋頭歌《せどうか》	五・七・七・五・七・七の六句からなる歌。頭を旋《めぐ》らすの意をもち、同じことばをくり返したり、問答形式のものも多い。
仏足石歌《ぶっそくせきか》	五・七・五・七・七・七と短歌の形式に七音足した特殊なかたちの歌。奈良県・薬師寺の仏足石歌碑に刻まれた歌がこの形式であることから、この名がつけられた。

『万葉集』の季節

アシビ

かれんな花であり、万葉びとが
愛した花だった。

磯《いそ》の上《うへ》に
生《お》ふるあしびを
手《た》折《を》らめど
見《み》すべき君《きみ》が
ありといはなくに

大伯皇女《おおくのひめみこ》（巻二の一六六）

春

現代語訳）
磯のほとりに生えているあしびの花を折りたい――。
しかし、見せたい君はもういないのだが……。

あしひきの　山桜花《やまさくらばな》
日並《ひなら》べて　かく咲《さ》きたらば
はだ恋《こ》ひめやも
山部宿禰赤人《やまべのすくねあかひと》（巻八の一四二五）

現代語訳）
山桜花が、何日もこのように咲いていたなら、ひどく恋しく思わないだろう。しかし……。

吉野の山桜　日本人の桜への愛は万葉の時代から変わらない。現代の私たちと同じように、満開の瞬間の美しさだけではなく、わずかの間に散りゆく儚《はかな》さをも愛したのだ。

梅《うめ》の花《はな》　今盛《いまさか》りなり
百鳥《ももとり》の　声《こゑ》の恋《こほ》しき　春来《はるきた》るらし
田氏肥人《でんじのこまひと》（巻五の八三四）

現代語訳）梅の花は今がまっ盛り。
多くの鳥たちの声も待ち遠しい――。
春がやって来たらしい。

山の辺の道の梅

『万葉集』には梅の花について詠まれた歌が多い。大陸由来の梅は、中国風を好んだ万葉貴族にとって、異国情緒を感じさせてくれる風流な花だったのだろう。

夏

春日の藤

今、藤の花といえば、春日の藤が有名だ。

藤波《ふぢなみ》の
花《はな》は盛《さか》りに
なりにけり
奈良《なら》の都《みやこ》を
思《おも》ほすや君《きみ》

大伴宿禰四綱《おおとものすくねよつな》（巻三の三三〇）

現代語訳）
藤の花は今がまっ盛りになりました――。
奈良の都のことをお思いになっているのですか、あなたは……。

ホトトギス

夏にさまざまな花とともに歌われるのがホトトギスだ。万葉の人々にとって、ホトトギスの鳴き声は夏のはじまりを告げる音だった。

ほととぎす
今《いま》来《き》鳴《な》き初《そ》む
あやめぐさ
かづらくまでに
離《か》るる日《ひ》あらめや
大伴宿禰家持《おおとものすくねやかもち》（巻十九の四一七五）
現代語訳）
ほととぎすが鳴き始めた――。あやめぐさを縵《かづら》にする五月五日まで、途絶える日もないだろうね。

秋

人皆《ひとみな》は　萩《はぎ》を秋《あき》と言《い》ふ
よし我《われ》は　尾花《をばな》が末《うれ》を　秋《あき》とは言《い》はむ

作者不記載歌（巻十の二一一〇）

尾花（ススキ）と奈良の町

穂につく小さな花に注目した場合のススキの呼び方が尾花だ。山上憶良が選んだ秋の野の七草にも数えられている。

現代語訳）
みんなは……萩が秋を代表する花だという。ならば私は、尾花だ、秋の花はといおう。

み吉野《よしの》の　耳我《みみが》の嶺《みね》に
時《とき》なくそ　雪《ゆき》は降《ふ》りける
間《ま》なくそ　雨《あめ》は降《ふ》りける
（以下略）
天武天皇《てんむてんのう》（巻一の二五）

現代語訳）み吉野の耳我の嶺に……絶え間なく
絶え間なく雪は降るという。
休みなく休みなく雨は降るという。
（以下略）

雪降る吉野

『万葉集』には雪がたびたび歌われている。当時の人々にとって、雪は大イベントだったのだろう。とくに、一時雪深い吉野に逃れていた天武天皇にとっては、特別なものだったはずだ。

冬

ツバキ

ツバキは花がそのままの形でぽとりと落ちる。この歌ではその様子を恋人（妻）が別の男のものになることにたとえている。

我《わ》が門《かど》の
片山椿《かたやまつばき》
まこと汝《なれ》
我《わ》が手触《てふ》れなな
地《つち》に落《お》ちもかも
物部広足《もののべのひろたり》（巻二十の四四一八）

現代語訳）
私の家の門《かど》の片山椿《かたやまつばき》——。ほんとにお前さんは、私の手が触れない間に地に落ちはしないだろうか。

奈良京時代

セレブの秋の過ごし方

秋風《あきかぜ》は　涼《すず》しくなりぬ
馬《う》並《まな》めて　いざ野《の》に行《ゆ》かな　萩《はぎ》の花見《はなみ》に

作者不記載歌（巻十の二一〇三）

現代語訳

秋風は涼しくなった――。さあさあ、馬に乗って出かけないかい？　萩の花見にゆきましょう。

馬の値段を考えると高級外車ということになるだろう。「しゃれ込もうぜ！」という感じ？恋はどこでもはじまる。でも、恋人たちはおしゃれを好む。だからデートの場所と、そこまでゆく乗り物が大切なのだ。

上野'S EYE

高級車で出かけて秋を満喫しよう

秋風が誘っている

暑かった夏もどうやらさかりを過ぎたようで、気持ちのいい風が吹くようになった。そうなると、どこかに出かけたくなるのが人間というものだ。

この歌はそんな「お出かけ気分」を詠んだものと考えられる。出かける先は萩《はぎ》の咲く郊外。萩といえば、秋の野に咲く花の代表。山上憶良《やまのうえのおくら》も秋の野の七草として真っ先にこの萩をあげている。現代では秋になると見に行くのはもっぱら紅葉だが、万葉の時代は萩

【歌人紹介】
作者不記載

【豆知識】
馬をレジャーに使うぜいたく

馬はもともと日本列島には生息しておらず、五世紀あたりに大陸から輸入されたと考えられている。平城宮跡からは馬の世話をしていた機関「馬寮《めりょう》」の跡も発見されている。馬は軍事や農作業、輸送に使われることが多く、このように遊びに使うのはぜいたくなことだったのだ。

【豆知識】
飛鳥の時代の駿馬《しゅんめ》

馬に関するネタをもう一つ。『日本書紀』に天武《てんむ》天皇が「迹見駅家《とみのはゆまや》」という場所で駿馬を見たとの記述がある（天武八年八月十一日条）。競馬というよりも、馬のよしあしを見たのであろう。迹見駅家は現在の奈良県桜井市外山《とび》。

が主役だったのだ。

そのお出かけの方法がかなりリッチだ。「馬並《うまな》めて」は馬を連ねて行くという意味で、みんなで馬に乗って行こう、と誘っているのだ。馬は当時の人たちにとって高級な乗り物。おいそれと手に入れられるものではなかった。今でいえば高級外車といったところだろう。

裕福な家庭のご子息たちか

この歌の作者はそうした高級車を乗りまわせるだけのご身分だったといえる。いわばセレブな人だ。裕福な家庭のおぼっちゃまだとも考えられる。

誘われた相手も、おそらくはセレブだったのではないだろうか。少なくとも馬に乗れるだけの技術はもっていたはずで、そうでなければ声をかけないだろう。

それはともかく、彼らが馬に乗って秋の野を駆けてゆく光景を目にした一般庶民はどんな思いを抱いただろう。「いいなあ、セレブは」と羨望したか、それとも「これがのちの世にいう格差社会か……」と嘆いたか。

【美しいことば】いざ野に行かな

「いざ」ということばは相手を誘うときのかけ声で、すでに奈良京時代から使われていた。今も「いざというとき」などに使われる息の長いことばだ。「野に行かな」の「な」は勧誘の意を伝える終助詞。まさに「レッツゴー！」という感じだ。

万葉植物図鑑

『万葉集』で最も多く歌われた植物

萩

萩は『万葉集』の141首に登場し、一番詠まれた植物ということになる。花見はもちろん、当時庭に萩を植えることが流行していたようだ。紅葉もたびたび歌われている。

『万葉集』の装い

高松塚《たかまつづか》古墳の壁画

1972年に高松塚古墳の発掘調査が行われた。そのなかで見つかったのがこの壁画だ。高松塚古墳は藤原京時代のものと判明しており、当時の服飾を考察する重要な資料となっている。

国(文部科学省所管)

山口千代子 製作・写真提供

女官の衣装

高松塚古墳の壁画を元に復元されたもの。衣の打ち合わせが左衽《ひだりまえ》だったり、裳の裾からヒダ飾りを見せたりと古来の伝統も残っている。

飛鳥

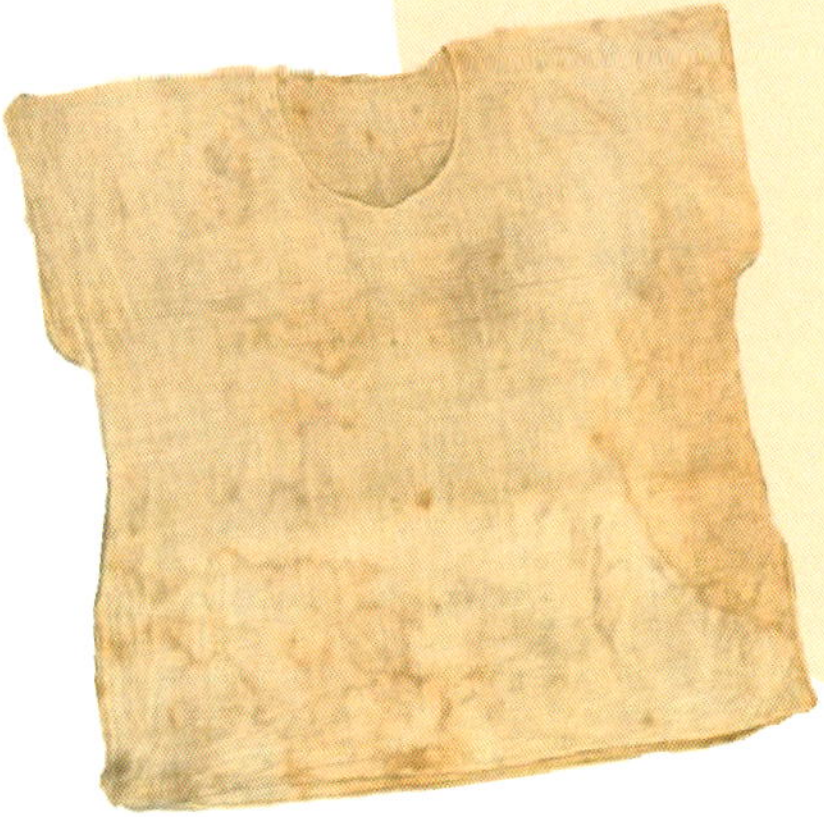

貫頭布衫《かんとうのぬののさん》

衫とは衣の下に着る肌着にあたるもの。麻布製で、頭の通る穴を開けただけの簡単なつくり。

正倉院宝物

平城京天平祭

平城宮跡の大極殿《だいごくでん》で行われる。奈良京時代に平城京で行われた儀式を再現したイベント。色鮮やかな装いの文官・女官が並んだ。なお、平城宮跡では天平衣装のレンタルも行っている。

貴族の食事風景イメージ

こういった衣装がならぶ宴会は、華やかだったことだろう。

山口千代子 製作・写真提供

奈良

貴族の礼服《らいふく》

礼服とは、正月や国家行事など、とくにかしこまった場で五位以上の者（貴族）だけが着ることを許された正装。

山口千代子 製作・写真提供

文官・女官の朝服《ちょうふく》

朝服とは、文官や女官が公の場で着た服。形は律令で定められていた。女官の朝服には、天平の頃から背子《はいし》というベストのようなものを着るのが一般的になった。

山口千代子 製作・写真提供

奈良京時代

恋の迷信、逆手にとって

月《つき》立《た》ちて　ただ三日月《みかづき》の　眉根《まよね》掻《か》き
日長《けなが》く恋《こ》ひし　君《きみ》に逢《あ》へるかも

大伴坂上郎女《おおとものさかのうえのいらつめ》（巻六の九九三）

現代語訳

新しい月を迎えて、三日月の形にした眉を掻《か》いていたから、ずっと待ち望んでいたあなたにこうして会えたのですね。

こんな歌をもらった男は、どんな気持ちになるのか？　うれしくてしょうがないだろう。しかし、だまされてはいけません。男のうぬぼれを利用する女もいますから。

あら、いやですわ 美魔女だなんて、ふふ

三日月スタイルの眉が流行

万葉の時代は今と違い太陰暦《たいいんれき》を採用していた。太陰暦とは一カ月の周期を月の満ち欠けに合わせるシステム。細い月が太くなり、やがて満月（ここが十五日頃）となったあと、ふたたび細くなる。そのプロセスを一カ月に当てはめた。月のはじめの一日は新月。「月立ちて」は新しい月の始まりを示す。ここから翌々日のお月様が三日月。

大伴坂上郎女《おおとものさかのうえのいらつめ》が活躍していた時代、女性たちの間でその三日月

【歌人紹介】

大伴坂上郎女《おおとものさかのうえのいらつめ》

→P76参照

【豆知識】

娘に代わって詠んだ歌

大伴坂上郎女のこの歌に対して大伴家持《おおとものやかもち》は「空の三日月を仰ぎ見ると、一目見た人の眉を思い出す」（振《ふ》り放《さ》けて　三日月《みかづき》見れば　一目《ひとめ》見し　人《ひと》の眉引《まよび》き　思《おも》ほゆるかも　巻六の九九四）と応えている。家持は郎女の娘である大伴坂上大嬢《おおとものさかのうえのおおいらつめ》の結婚相手。娘に代わって家持に恋の歌を呼びかけたとの説もある。

【豆知識】

俗信をまじないへ

恋人のことを強く思っていると眉がかゆくなるという俗信があり、眉がかゆくなれば、恋人が来る前兆ととらえていた。しかし待ちきれない女性たちはみずから眉を掻《か》き、恋人が来ますようにと、俗信をまじないへと変えたようだ。

に似た眉を描くことが流行していた。三日月以外には弓や柳葉の形も好まれた。ちなみに、もともとの眉毛はすべて抜いていたそうで、これは今でいう「全剃り」に近い。

万葉の華麗な女流歌人

大伴坂上郎女はその三日月スタイルの眉を「掻《か》いたからあなたに会えた」と言っているわけだが、これは「眉がかゆくなると好きな人に会える」という俗信を逆手にとってのこと。かゆくなったら会えるというなら、自分から掻くことでかゆくなったことにしちゃいましょうか、という発想だ。

大伴坂上郎女は『万葉集』のなかでもとくに存在感を放つ女流歌人。恋多き女性ともいわれている。この歌は宴で甥・大伴家持《おおとものやかもち》へ向けたものとされるが、それでも俗信を逆手にとって恋の歌のように仕上げている。さすがといえるだろう。

『万葉集』には女流歌人として八十四首という最多の歌を残し、大伴家持の叔母として彼に歌の指南もした。類いまれなる才女であり、年齢を重ねても美貌は衰えなかった。万葉の「美魔女」という人もいるが、それは想像でしかない。

【キーワード】

太陰太陽暦《たいいんたいようれき》

「純太陰暦（陰暦）」と「太陰太陽暦（太陰暦）」とがある。純太陰暦だと月の満ち欠けの周期のみなので季節と暦がずれてしまう。そこで、それに太陽の動きを合わせ、二〜三年に一度は十三カ月ある閏月《うるうづき》を設ける太陰太陽暦をつくった。日本もこの暦法を採用していた。

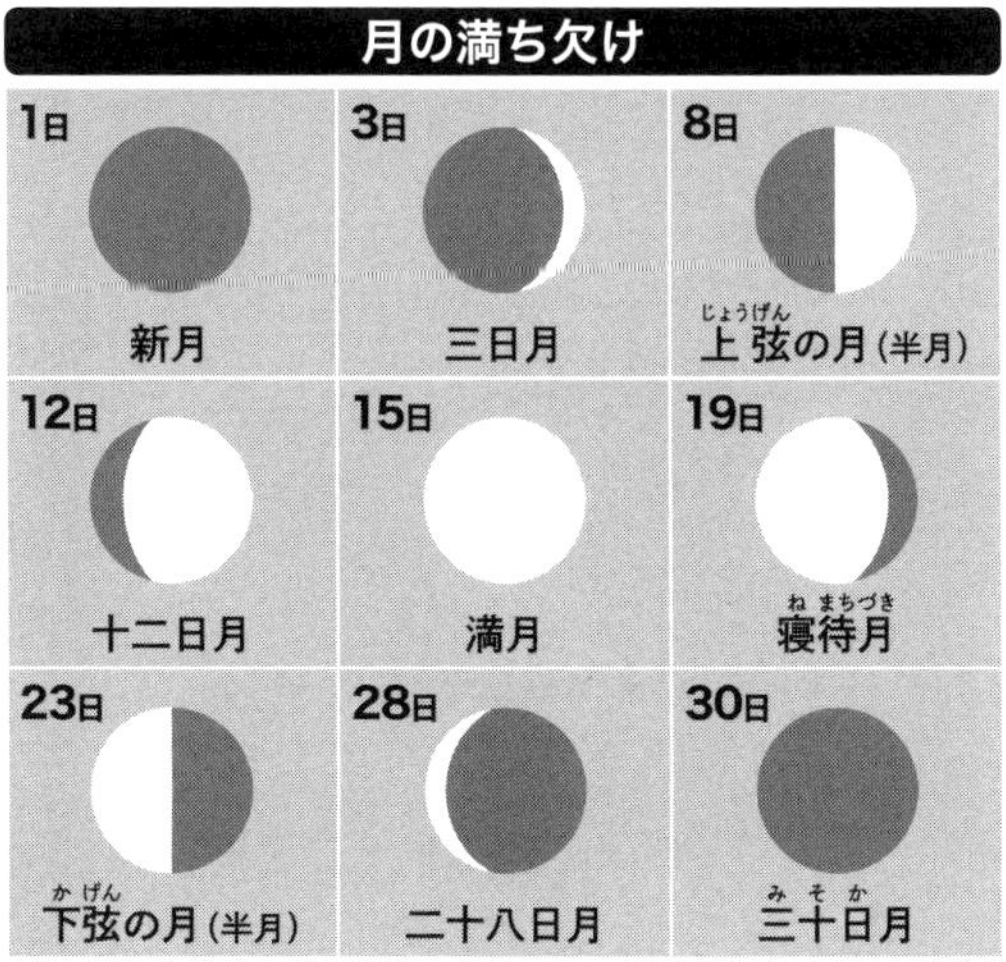
月の満ち欠け
1日
新月
3日
三日月
8日
上弦《じょうげん》の月（半月）
12日
十二日月
15日
満月
19日
寝待月《ねまちづき》
23日
下弦《かげん》の月（半月）
28日
二十八日月
30日
三十日月《みそか》

みどり子《こ》の　若子髪《わきごがみ》には
たらちし　母《はは》に抱《むだ》かえ
褨襁《ひむつき》の　平生髪《はふこがみ》には
木綿肩衣《ゆふかたぎぬ》　純裏《ひつら》に縫《ぬ》ひ着《き》
頸付《うなつき》の　童髪《わらはがみ》には
纐纈《ゆふはた》の　袖付《そでつ》け衣《ごろも》
着《き》し我《われ》を
（以下略）

作者不記載歌（巻十六の三七九一）

現代語訳

赤ん坊の頃にはお母さんにいつも抱っこされ、べべは木綿の袖なしの衣を着せてもらってね、少年時代は絞り染めの袖つき着物を身にまとっていた俺さまなんだよ。
（以下略）

お爺さんに九人の乙女が求婚！

『万葉集』には「竹取《たけとり》の翁《おきな》」の物語が収められている。といっても、かぐや姫でおなじみの『竹取物語』とは趣《おもむき》が異なる。ここでの翁の話はハーレム系（一人の主人公に複数の異性が好意を寄せる設定の話）に通じるものがある。

話を要約すると、ある春の日、竹取の翁が九人の乙女（仙女）と出会った。彼女たちが翁を年寄りだと嘲《あざけ》ると、翁は「こう見えて昔はちょっとしたモテ男だったんだよ」と自慢話をスタート。この歌はその一部だ。そして話の最後に、「誰もが歳を取るんだ、あまりバカにするもんじゃないよ」と反省をうながす内容の歌を詠む（下段参照）。これに乙女たちはコロリと改心し、全員が翁に求婚を始めるのだ。

『竹取物語』も複数の異性に言い寄られる話だが、まだ物語的には抑制が効いていて洗練されている。しかし、その源流はというと人間の願望を剥き出しにした物語があったのだ。巻十六の三七九一では竹取の翁の子どもの頃の服装が語られており、その意味でも非常に興味深い作品といえるだろう。

【歌人紹介】
作者不記載

【豆知識】
奈良京時代のブランド品が続々

この竹取《たけとり》の翁《おきな》の物語には、奈良京時代の子どもの育て方やどのような服を着せていたのかを知るヒントが満載。ここに紹介した一節のあとには「住吉《すみよし》の遠里小野《とおさとおの》の榛《はんのき》染めの服」「高麗錦《こまにしき》の紐《ひも》」など国内外のブランド品が多く登場する。竹取の翁は小さい頃からブランド品に身を固めていたのだ。

【キーワード】
竹取の翁の詠んだ二首の歌

巻十六の三七九二・三七九三の二首で「死んでいたら白髪も見ないが、長生きすれば白髪も生えてくる。乙女の皆さんにもね」、「君たちも白髪になったらバカにされるんだよ」と歌っており、乙女たちはこの歌でたちまちキュンと心を掴まれたようだ。これぞ、歌のもつ力！

天降《あも》りつく　天《あめ》の香具山《かぐやま》
霞立《かすみた》つ　春《はる》に至《いた》れば
松風《まつかぜ》に　池波立《いけなみた》ちて
桜花《さくらばな》　木《こ》の暗繁《くれしげ》に
沖辺《おきへ》には　鴨《かも》つま呼《よ》ばひ
辺《へ》つへに　あぢ群騒《むらさわ》き
ももしきの　大宮人《おほみやひと》の
罷《まか》り出《で》て　遊《あそ》ぶ船《ふね》には
梶棹《かぢさを》も　なくてさぶしも
漕《こ》ぐ人《ひと》なしに

鴨君足人《かものきみたりひと》（巻三の二五七）

現代語訳

天から降ってきたという天の香具山――。霞《かすみ》立つ春ともなれば、松風に池が波立ち桜の花は木陰が暗くなるほど咲き誇る。

池の沖のほうでは、鴨が妻を呼び、岸辺ではあじ鴨たちがにぎやかに鳴いていたっけ。

かつて藤原宮に勤めていた人たちが遊んでいた船からは舵や棹が失われ、漕《こ》ぐこともできない。それはそれは寂しいこと……。

平城京
お祖父様
どうかしたの？
彼らはどこへ行くのだろうか
鴨君足人《かものきみたりひと》
春日野って聞こえましたよ
……どうせ宴かナンパでしょ
おや 遊びが好きな男は嫌いかい？
お祖父様みたいな真面目な人がいいわ
はっはっは では私も嫌われてしまうかな？
藤原に都があった頃はよく仕事終わりには郊外に遊びに出たものだよ
お祖父様が!?
香具山で花を眺めたり
ふもとの埴安《はにやす》の池に船を浮かべたり
埴安の池に船を浮かべる人なんて
今はもういないのだろうなぁ……

上野'sEYE

時代の終わりを感じるノスタルジーな歌である。私が高校生のときまで住んでいた家も今はない……。

香具山レジャーランド残念ながら閉園

仕事は昼まで、そのあとは行楽

奈良県橿原《かしはら》市にある香具山《かぐやま》は「天の」ということばとセットで表現されることが多い。それは、この山が神々が住むという高天原《たかあまのはら》から降ってきたという伝説があるためだ。この歌の「天降《あも》りつく」も天から降ってきたという意味。

しかし、じつは標高は百五十メートルほどで、山というより、むしろ丘だ。天から降ってきたという伝説が頭にあると「天にも届かんばかりの高い山」とイメージしがちだが、その期待を胸に現地を

【歌人紹介】

鴨君足人《かものきみたりひと》

（生没年不詳）

プロフィールはほとんど伝わっていない。鴨君は「鴨公《かもきみ》」で開化《かいか》天皇の子孫と考える説もある。藤原宮の大極殿《だいごくでん》跡にはかつて「鴨公神社」があったことから祭典に関わる一族の人だったとも考えられる。ちなみに藤原宮のあった橿原市は鴨公村がほかの町村と合併してできたもの。

【豆知識】

藤原京を囲む大和三山

香具山に畝傍山《うねびやま》と耳成山《みみなしやま》を加えた山々を「大和三山」という。この三つの山に囲まれるように造営されたのが藤原京。おそらくは大和三山があったから、この地が都に選ばれたと考えられている。香具山は丘のようになだらかで、畝傍山と耳成山は火山。

訪れたら肩透かしを食うことになる。

この香具山は藤原宮の東方に位置し、当時は行楽の場としての役割も備えていた。役所で仕事を終えた人たちはこぞって香具山にくり出していたようだ。今の感覚では仕事帰りというと夕方から夜あたりの時間帯が思い浮かぶが、当時の役人たちの退勤時間は昼が基本。そのため、遊ぶ時間はたっぷりあった。じつに羨ましい話だ。

あの頃は楽しかったなあ……

香具山のふもとには「埴安《はにやす》の池」という船遊びに最適なスポットがあり、春ともなると桜が咲き誇り、風に波立つ水面では鴨たちが群れ集っていた。この歌ではそのにぎやかな情景が鮮やかに描かれている。船遊びに興じる人たちの歓声も聞こえてきそうだ。

しかし、そのにぎわいの場も都が平城京に遷《うつ》ってからはすっかり過去のものに。かつて人々がワイワイと楽しんでいた船も、舵や棹《さお》を失い、ただ岸辺で揺れているだけ……。

この歌は平城京に都が遷った以降の作だ。往時を懐かしみつつ、今の寂れ具合にしみじみとしている。松尾芭蕉《まつおばしょう》が『おくのほそ道』に詠んだ「夢の跡」の万葉版といったところだろうか。

【豆知識】役人の勤務時間は日・夕・夜

当時の役人の勤務時間は早朝から昼までの「日」、昼から夕方までの「夕」、そして夜勤の「夜」があった。昼に仕事を終える人は少数派で、下級役人は朝から夕方まで働くことが少なくなかった。香具山で船遊びに興じていた彼らはどうやらお偉いさんたちだったようだ。

【季節のことば】「霞」

水蒸気などによって遠くがはっきり見えなくなる現象。現代では、春のは霞《かすみ》、秋のは霧《きり》と呼び分けているが、『万葉集』では春の霧も出てくる。ただ、やはり霞は春が圧倒的に多い。「立つ」のか「たなびく」のか、状態にも着目したい。

奈良京時代

今日は私、帰りたくない……

春《はる》の野《の》に　すみれ摘《つ》みにと　来《こ》し我《われ》そ
野《の》をなつかしみ　一夜《ひとよ》寝《ね》にける

山部宿禰赤人《やまべのすくねあかひと》（巻八の一四二四）

現代語訳

春の野にすみれを摘みにと
やってきた私——。
その野のいとおしさに、
ひと晩過ごしてしまった
……。

若菜摘みは万葉の春の風物詩

長かった冬が終わり春が訪れると、野では植物たちがいっせいに芽を吹くようになる。そうした若菜を摘み、その場で料理して食べるというのが万葉の時代の風習だった。いうなれば、自給自足のバーベキューといったところか。

この山部赤人《やまべのあかひと》の歌は、おそらく若菜摘みにやって来た、うら若き乙女の気持ちになってつくられたものだろう。「それがさぁ、日帰りのつもりが、結局泊まることになっちゃって……」といったところ

【歌人紹介】

山部宿禰赤人《やまべのすくねあかひと》

→P63参照

【豆知識】

煙に胸をときめかせ

若菜摘みの季節になると春日野からはいくつもの煙が立ちのぼった。乙女たちが若菜を煮ているわけだが、その煙を見て万葉びとは胸をときめかせていたようだ。「春日野《かすがの》に　煙立《けぶりた》つ見《み》ゆ　娘子《をとめ》らし　春野《はるの》のうはぎ　摘《つ》みて煮《に》らしも　巻十の一八七九」という歌もある。

ろか。

若菜摘みが行われた辺りには、泊まるための施設も整っていたと思われる。摘んだ若菜を肴《さかな》に盛り上がり、そのまま泊まるようなこともあったのだろう。そういう場で、まめな男たちがすることといえばナンパだ。なかには深い仲になる者たちもいたはずで、若菜摘みに、甘酸っぱい思い出をもつ万葉びとは多かったことだろう。

役人たちの息抜きは春日野で

若菜摘みをはじめとした春の野遊びが行われるのは、もっぱら都の近くの「野」だった。平城京の時代でいえば、春日野《かすがの》ということになる。平城宮で働く役人たちの息抜きにもなっていたことだろう。

赤人の歌に、「明日《あす》よりは　春菜《はるな》摘《つ》まむと　標《し》めし野《の》に　昨日《きのふ》も　今日《けふ》も　雪《ゆき》は降《ふ》りつつ　巻八の一四二七」というものがある。「せっかく場所取りしたのに、雪が降ってるよ。若菜摘みはお流れかなぁ……」というような意味の歌だ。どことなく、花見の場所取りをする新入社員の姿が浮かばないだろうか。万葉の時代にも、若菜摘みの場所取り合戦があったのかもしれない。ナンパに宴会の場所取り、イベントとの関わり方は万葉の時代も現代と変わらなかったようだ。

【キーワード】若菜摘みはその後も

平安時代に入ると、若菜摘みは公家の行事となった。正月の初子《はつね》の日などお祝いの席で羹《あつもの》（お吸い物）として食べられるようになり、さらにのちの時代になると七草がゆとして一般にも広まっていった。無病息災を願う季節の行事として始まったのも平安京時代から。

万葉植物図鑑

可憐なたたずまいは乙女をイメージさせる

すみれ

『万葉集』ですみれを詠んだ歌は「つぼすみれ」を含めて四首と少ない。すみれの花は可憐で乙女のイメージ。それを「摘む」ということに関しても深読みができそうだ。

column

万葉のツボ⑤

古代の遊び

人々の暮らしや風習についての歌も多く収められる『万葉集』。この時代に流行った遊びはどうだろう？　それを知れば、『万葉集』をさらに身近に感じ、親しみも湧いてくる。

打毬《まりうち》

二組に分かれ、毬杖《ぎっちょう》と呼ばれる長柄の杖で毬をすくい、自分の組の毬門《きゅうもん》に投げ入れる。それを騎馬または徒歩で行う。皇族や貴族たちが春日野にこぞって集まり遊んでいたという。

蹴鞠《けまり》

革製の鞠を落とさないよう交互に蹴り合い、その回数を競う。中大兄皇子《なかのおおえのみこ》と中臣《なかとみの》（藤原《ふじわらの》）鎌足《かまたり》が出会うきっかけになったともいわれていて、この時代の貴族たちになじみ深い遊びだったようだ。

くーさん提供

双六

盤の上に白黒のコマを置き、筒に入れた二つの賽《さい》を交互に振り、出た目の数だけコマを進め、早く敵陣に入ったほうが勝ちとする遊び。正倉院《しょうそういん》には当時の双六盤やコマなどが残されている。

木画紫檀双六局
正倉院宝物

Part 4

家族、人生観、宗教観

恋に鎖はつけられない！

家《いへ》にありし　櫃《ひつ》に鏁《かぎ》刺《さ》し　蔵《をさ》めてし
恋《こひ》の奴《やつこ》が　つかみかかりて

穂積皇子《ほづみのみこ》（巻十六の三八一六）

現代語訳

家にあった箱にちゃんと封じ込めて鍵もしっかりかけていたのになあ……。閉じ込めておいた恋の奴めが、襲いかかってきやがった！

上野's EYE
つねに恋愛をしている人もいる。どんなに禁じられても、この道ばかりは……。

恋の放し飼いはNGと用心していたのに……

よっ、待ってましたよ十八番！

この歌には左注が添えられていて、それによると作者の穂積皇子《ほづみのみこ》は酒宴の席で好んで口にした歌だったとのこと。宴たけなわになると「では一つ……」とばかりにお披露目したようだ。いわゆる十八番。宴席に居並ぶ人たちは「よっ、待ってました！」とさぞかし盛り上がったことだろう。

この歌は自分ではコントロールできない「恋」というものの特性を独自の表現でとらえている。「つかみかかりて」という言葉がま

【歌人紹介】

穂積皇子《ほづみのみこ》（？〜七一五）

父は天武《てんむ》天皇。母は蘇我赤兄《そがのあかえ》の娘である大蕤娘《おおぬのいらつめ》。藤原京時代末から奈良京時代初期にかけて活躍した万葉歌人。異母妹である但馬皇女《たじまのひめみこ》との激しい恋愛は有名。皇女が亡くなったあと、大伴坂上郎女《おおとものさかのうえのいらつめ》と結婚している。『万葉集』には四首の歌を残している。

【キーパーソン】

但馬皇女《たじまのひめみこ》

若き日の穂積皇子の恋のお相手。異母兄である高市皇子《たけちのみこ》の実質上の妻とも考えられている。そのときに穂積皇子を思って「稲穂のようにあなたに寄りそいたい、うわさなんて気にせずに」（秋《あき》の田《た》の　穂向《ほむ》きの寄《よ》れる　片寄《かたよ》りに　君《きみ》に寄《よ》りなな　言痛《こちた》くありとも　巻二の一一四）という歌を詠んだ。

さにそれで、自分の心であるはずなのに「襲いかかってきた」と歌っている。言われてみればなるほどと思わせる表現だ。

祖父から孫へ、恋の家訓？

穂積皇子は大伴坂上郎女《おおとものさかのうえのいらつめ》の最初の結婚相手だが、過去に但馬皇《たじまのひめ》女《みこ》と親密な関係をもっていたことがある。しかし但馬皇女はそのときすでに高市皇子《たけちのみこ》の妻だった。すなわち、人目を忍ぶ恋（異母妹でもあったが、当時はとくに問題視されなかった）。「こんなことを続けていてはいけない……」と思いつつも、どうにも止まらない。まさに恋というものの厄介な特性だ。そういう過去の経験があったからこそ、この歌がうまれたのだろう。

穂積皇子には広河女王《ひろかわのおおきみ》という孫娘がいるのだが、おもしろいことに彼女も同じような歌を詠んでいる。「もう恋なんてしないと思っていたのに、不意打ちをくらわすように新しい恋が襲いかかってきた……」（恋《こひ》は今《いま》は　あらじと我《あれ》は　思《おも》へるを　いづくの恋《こひ》そ　つかみかかれる　巻四の六九五）という歌だ。もしかすると穂積家には「恋とは襲いかかってくる危険なものと心得るべし」という家訓が代々伝わっていたのかもしれない。

それぞれが異母兄妹

穂積皇子・但馬皇女・高市皇子のうち、生年がわかっているのが高市皇子。天武天皇第一皇子として六五四年にうまれた。穂積皇子と但馬皇女はそれぞれ異母弟であり異母妹。

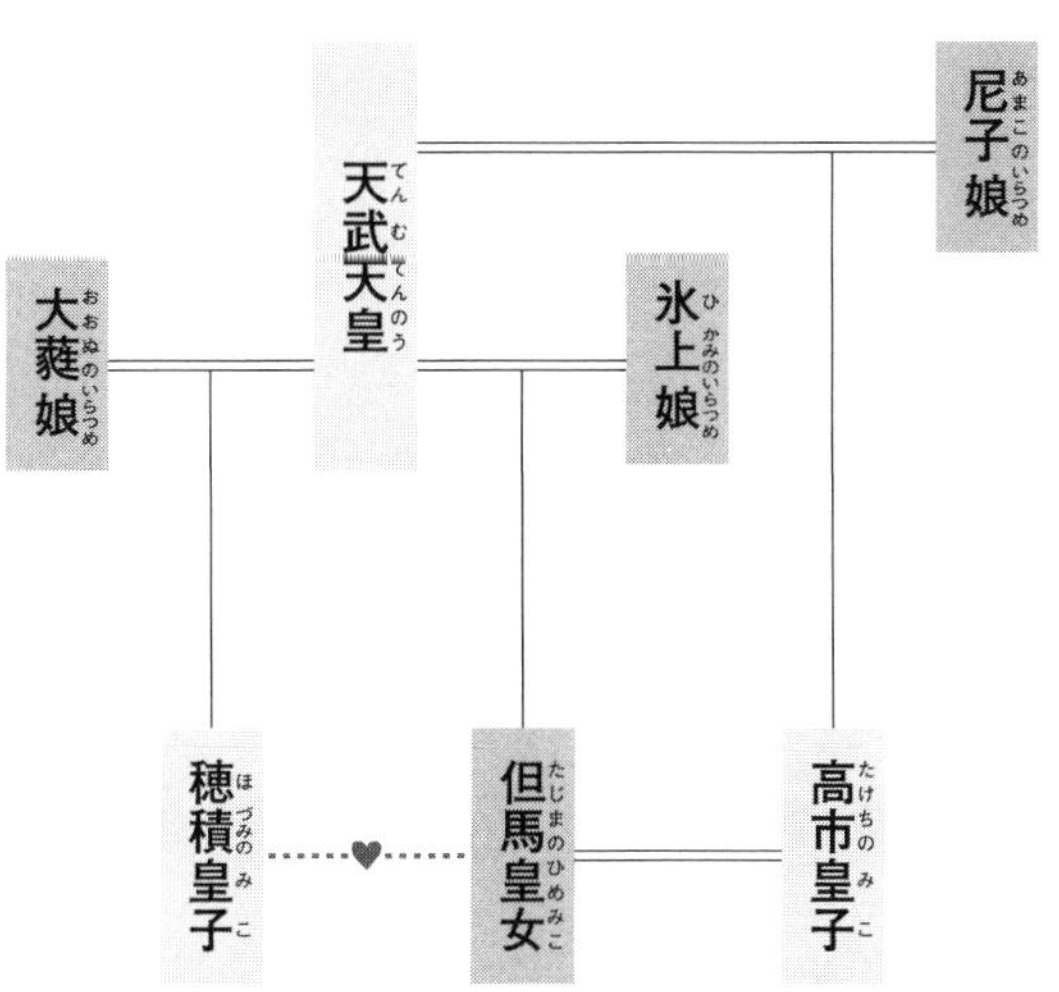

常世《とこよ》にと　我《あ》が行《ゆ》かなくに
小金門《をかなと》に　もの悲《がな》しらに
思《おも》へりし　我《あ》が子《こ》の刀自《とじ》を
ぬばたまの　夜昼《よるひる》といはず
思《おも》ふにし　我《あ》が身《み》は痩《や》せぬ
嘆《なげ》くにし　袖《そで》さへ濡《ぬ》れぬ
かくばかり　もとなし恋《こ》ひば
故郷《ふるさと》に　この月《つき》ごろも　ありかつましじ

大伴坂上郎女《おおとものさかのうえのいらつめ》（巻四の七二三）

現代語訳

私があの世に行くというわけでもないのに、門のところで悲しそうにしていたわが子の刀自《とじ》よ。

夜も昼もやっぱり心配で、私は痩せてゆく……。

あなたのことを考えると涙も止まらない。

こんなに無性にあなたのことを思うと、
これ以上、跡見《とみ》の庄《たどころ》にいることなどできない。

上野's EYE

母が娘を思う文学！　泣けるなぁ。あるだろうなぁ。こんなことと思いつつ、私はいつもこの歌を読む。愛しているからこそ心配なのである。

可愛い子への愛のムチ それは、母のジレンマ

「大伴屋」の女将は考えた

名物女将が切り盛りする有名店があると想像していただきたい。仮にそれを「大伴屋」とする。その「大伴屋」は本店のほかに地方にいくつかの支店を構えていて、女将《おかみ》は年に何度か視察のため足を運ぶ。前まではじつの娘である若女将も連れて行ったが、彼女もそれなりに仕事を覚えてきたので、自分が留守の間は本店を任せてみることにしよう。女将はそう考えて出発した。しかし、じきに若女将から「もう無理。早く帰ってきてほしい」とメールが届く。

【歌人紹介】
大伴坂上郎女《おおとものさかのうえのいらつめ》
→P76参照

【豆知識】
大伴家の庄は桜井市にあった

この長歌の題詞には「大伴坂上郎女、跡見《とみ》の庄《しやう》より、宅《いへ》に留まれる女子《むすめ》大嬢に賜ふ歌一首」と書かれている。「跡見庄」とは大伴家が所有していた土地で現在の奈良県桜井市外山《とび》付近にあった。歌のなかで郎女は跡見のことを「故《ふる》郷《さと》」とも呼んでいるので父祖伝来の領地だったのだろう。

【キーワード】
刀自《とじ》

年配の女性を指すことばでもあるが、転じて家の切り盛りを担う女性も指す。当時の大伴氏のなかでは、大伴坂上郎女がこの「刀自」という立場だった。郎女はこの立場を娘に継承し、まわりからも認められる存在になってほしいと思っていたようだ。

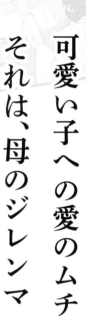

それを見た女将はハッとする。「そういえば私が出るとき、あの子、沈んだ顔をしてたわね。やっぱりまだ早かったのかしら」と。右往左往しているであろう娘のことを思うと心が痛む。そして女将は「お母さんだって早く帰りたいわ」と返信を送るのだった。

「刀自《とじ》」への道は厳しいのよ！

……と、この歌はそんなシチュエーションに重ね合わせることができる。大伴坂上郎女《おおとものさかのうえのいらつめ》が歌を贈った相手は娘の大伴坂上大嬢《おおとものさかのうえのおおいらつめ》。このとき郎女は「庄《たどころ》」に出向いて管理業務を行っていた（P154〜参照）。いっぽうの大嬢は平城京で郎女が担っていた「刀《と》自《じ》」の役目を託されていたというわけだ。歌は伝わっていないが、郎女の歌から推測すると泣き言を歌にして母に贈ったようだ。

一つの推定だが当時大嬢は十八歳。大伴家持《おおとものやかもち》の妻として大伴氏のなかでこのくらいの役割は果たしてほしい歳だと郎女は思っていたのだろう。母は娘のようすに胸を痛めながらも、「しっかりなさい！」と愛のムチも振るっている。「我《あ》が子《こ》の刀自《とじ》」という表現から「あなたが私の留守を預かる刀自なのよ」と諭しているのだ。現代の後継者問題に通じるテーマも含んでいる歌だ。

【美しいことば】ぬばたまの

黒色にかかる枕詞《まくらことば》。「ぬばたま」とはヒオウギの種。これが真っ黒であることから黒に関連した「夜」にもかかり、そこから派生して「夕べ」「今宵」「月」「夢」「寝」といったことばの枕詞としても使われる。平安期以降は「むばたまの」と音が変化していった。

万葉スポット

大伴家 ゆかりの地のサロン

佐保山茶論《さほやまさろん》（奈良県奈良市）

かつて大伴氏の邸宅が置かれていた佐保エリアにある芸術・文芸サロン。敷地内には演奏会場や茶室、家持の歌碑などがあり、演奏会や万葉集関連の講演会が開催されている。

佐保山茶論提供

奈良京時代

親バカですが、何か？

銀《しろかね》も　金《くがね》も玉《たま》も　なにせむに
優《まさ》れる宝《たから》　子《こ》に及《し》かめやも

山上臣憶良《やまのうえのおみおくら》（巻五の八〇三）

現代語訳

銀であれ、黄金であれ、玉であれ、それがなんになろう。どんな宝物であっても、子ども以上に大切なものがあるはずなどない——。

お釈迦《しゃか》様も子煩悩だったのだから……

山上憶良《やまのうえのおくら》には子煩悩のイメージがある。それは有名な「子等《こら》を思ふ歌一首　并《あは》せて序」（巻五の八〇二）が多くの人の共感を呼ぶからだろう。右に掲げた歌は、その反歌。「この世には子ども以上に価値のある宝はない。お金よりも宝石よりもずっと大事なものだ」とストレートに歌い上げている。「親バカといわばいえ、なんともないぞ」といった強い意志さえ感じられる。

この歌の序文には「かのお釈迦様も、わが子というのはじつに愛

【歌人紹介】

山上臣憶良《やまのうえのおみおくら》

→P75参照

【豆知識】

子を思う長歌

反歌の前に置かれた「子等を思ふ歌一首　并せて序」の長歌は「瓜食《うりは》めば　子《こ》ども思《おも》ほゆ　栗食《くりは》めば　まして偲《しぬ》はゆ　いづくより　来《きた》りしものぞ　まなかひに　もとなかかりて　安眠《やすい》しなさぬ　巻五の八〇二」というもの。……これまた愛情にあふれた歌となっている。

しい存在だとおっしゃっている。悟りを開いたあのお方でもそうなのだ、ましてや凡人のわれわれが子どもを愛さずにおられるものか」と記されている。人間の本質はこれでいいんだ、子どもより大切な宝などないという考えが彼にはあったのだろう。

子を亡くした親の悲しみも歌う

この歌が収められている巻五の九〇四番歌には、幼いわが子を亡くした親の悲しさをつづった歌もある。かつてニコニコしながら「お父さん、お母さん、いっしょにねよう。ぼく、真ん中でねる！」などと言っていたわが子が病気になり、やがてひっそりと目を閉じた……、という内容で、子をもつ親ならかならず涙してしまう長歌だ。

この歌の作者は記されていないが「憶良の作風に似ているので、いっしょにまとめておいた」と注記があるため、彼の作品だと思われる。亡くなった子が憶良の子なのかどうかはハッキリしておらず、知人の子のことを歌ったという説もある。ともあれ「わが子は金銀よりも大切」という憶良の思いに共感できる人は、子を亡くした親の悲しみにも寄り添うことができるだろう。

【キーワード】

古日《ふるひ》

憶良が詠んだといわれている巻五の九〇四の歌には子どもの名前が出てくる。「古日」という少年だ。彼が病気になったとき、必死に神に祈った親の様子も歌では描かれていて涙を誘う。歌の冒頭には「世間の人が欲しがる宝も何になるだろう」とあり、上の歌との関連性が見られる。

万葉スポット

「嘉摩《かま》三部作」本場の地の歌碑

稲築《いなつき》公園（福岡県嘉麻《かま》市）

憶良には「嘉摩三部作」と呼ばれる作品群があり「子等を思ふ歌一首」もその一つ。これは嘉摩郡（福岡県嘉麻市）で撰定したことに由来し、同市の稲築公園にはその歌碑が立つ。

飛鳥京時代

旅に倒れた庶民の死を悼む

家《いへ》ならば　妹《いも》が手《て》まかむ
草枕《くさまくら》　旅《たび》に臥《こ》やせる　この旅人《たびと》あはれ

上宮聖徳皇子《うえのみやのしょうとこのみこ》（聖徳太子《しょうとくたいし》）（巻三の四一五）

現代語訳

家にいたなら、妹の手を枕にして寝ていたであろうに、旅の途中で伏せっているこの旅人が哀れだ。

スーパースター聖徳太子《しょうとくたいし》

叔母である推古《すいこ》天皇の摂政《せっしょう》として多方面にわたる活躍を見せた聖徳太子は、日本の歴史のなかでもトップクラスの重要人物といっていいだろう。冠位十二階や憲法十七条の制定、遣隋使の派遣、法隆寺や四天王寺など寺院の建立を通して仏教の隆盛に努めるなど、まさに日本という国の基礎づくりに取り組んだ偉人だ。

『万葉集』が編纂《へんさん》されていた八世紀前半、すでに太子はスーパースターとしてあがめられていた。それは後世に伝えられた太子像を

【歌人紹介】

上宮聖徳皇子《うえのみやのしょうとこのみこ》（聖徳太子《しょうとくたいし》）

（五七四〜六二二）

厩戸皇子《うまやとのみこ》、豊聡耳皇子《とよとみみのみこ》とも。用明《ようめい》天皇の皇子としてうまれ、のちに推古《すいこ》天皇の皇太子となる。摂政として内政や外交、仏教の興隆に尽力したが、近年の研究では数々の業績を行ったのは聖徳太子一人ではなく、その伝承も脚色が多いと考えられている。

見てもわかる。たとえば、一度に十人の話を聴き分けたというエピソードは誰もが知っているはずだ。万葉びとはとくに、日本の仏教のすべてが太子から始まったと考えていたようだ。

庶民に慈悲の心を寄せる

『万葉集』に収められている太子の歌は一首のみ。それがこの歌だ。旅の途中に命が尽きてしまった人に対し、慈悲の心を寄せる内容となっている。歌のなかにある「臥《こ》やせる」ということばは敬語表現。死者に対して敬語を使っている礼儀正しさにも注目したい。

太子が行き倒れの人と出会う話は『日本書紀』にも記されている。そちらでは相手はまだ死んではいないが、餓えに苦しみ、太子の問いかけにも返事ができないほど衰弱している。太子は彼に食事を与え、服を与える。太子のそんな慈悲の心は歌からもしみじみ伝わってくるだろう。「この人も自分の家にいたら、妹《いも》（妻・恋人）のそばで幸せに過ごせただろうに……」と、その境遇に心を痛めているのだ。道端で命が尽きた庶民。高貴な身分でありながら、そういう庶民のはかない人生にも心を寄せることができるところも聖徳太子の偉大さなのだろう。

【豆知識】聖徳太子はいなかった説

「聖徳太子」は後世の人々が憲法十七条や冠位十二階などの業績をたたえ、厩戸皇子という実在する人物に贈った名。ところが最近の研究では、これらの業績に皇子が主体的に関与した確証はなく、聖徳太子とは誰かをモデルにさまざまな脚色がなされた人物では、という説が生じているようだ。つまり、歴史と伝承のはざまにある人物だということができる。

【キーワード】『日本書紀』

『万葉集』と同じ奈良京時代に編纂《へんさん》されたのが聖徳太子も登場する『日本書紀』。日本最初の勅撰正史《ちょくせんせいし》として知られ、編纂にあたったのは舎人親王《とねりしんのう》。全三十巻あり、史実のほかに神話や伝説、寺院の縁起なども記録している。成立したのは七二〇年とされている。

どうぞ、あの子を守って

秋萩《あきはぎ》を　妻問《つまど》ふ鹿《か》こそ
独《ひと》り子《ご》に　子持《こも》てりといへ
鹿子《かこ》じもの　我《あ》が独《ひと》り子《ご》の
草枕《くさまくら》　旅《たび》にし行《ゆ》けば
竹玉《たかたま》を　しじに貫《ぬ》き垂《た》れ
斎瓮《いはひへ》に　木綿《ゆふ》取《と》り垂《し》でて
斎《いは》ひつつ　我《あ》が思《おも》ふ我《あ》が子《こ》
ま幸《さき》くありこそ

作者不記載歌（巻九の一七九〇）

現代語訳

秋萩を妻とする鹿は独り子しかもたないという。その鹿と同じ、わが独り子が……。その子が旅に出る。だから、だから私は竹の玉をたくさんつなげて祈る。甕《かめ》に木綿を飾って祈る。身を清めて、無事であってくれ、とわが子の無事を祈る。

母は息子のために祈りを捧げる

万葉の時代、女性たちは愛する男の旅立ちに際して、家のなかに小さな祭壇をつくり、旅の無事を祈るという習慣をもっていた。一種の祭祀《さいし》だ。この歌は、一人息子を遣唐使に送り出した母親がその祭祀を行うようすを伝えるもの。無事を願う対象は夫や恋人だけではなく、息子も含まれていたことになる。

この歌によって当時の女性たちが「竹玉《たかだま》」「斎瓮《いわいべ》」「木綿《ゆう》」を用いて祈りを捧げていたことがわかる。「竹玉」は短く切った竹の束を紐《ひも》でつないで首飾り状にしたもの。勾玉《まがたま》も用いたようだ。「斎瓮」は水や酒を入れる甕《かめ》のこと。「心身を清めて神に仕える」という意味の「斎」ということばがついているように、祈りのための甕で真っ白な「木綿」が取りつけられていた。神に祈りを捧げるものだから清浄なものが用いられたのだろう。

こうした祭祀の道具を組み合わせた祭壇は女性の寝室に設置された。彼女たちはごく私的な空間のなかに「祈りの装置」を置き、愛する男の無事を日々祈っていた。それは主人の留守中に「家」を守る役割を与えられた女性たちの大切な儀式でもあったのだろう。

【歌人紹介】
作者不記載

【豆知識】
行方不明者多数の遣唐使

この歌は七三三年の作品で遣唐使として旅立つ息子に贈ったもの。このときの遣唐使一行は四隻の船で出発。唐には着いたものの、日本にまともに帰ってこれたのは一隻だけだった。多くの人が暴風雨によって遭難し、帰らぬ人となった。この歌の息子の消息は伝わっていない。

万葉動物図鑑

鳴き声を歌われた神の使い

鹿

鹿は古くより神の使いとして特別視されてきた。『万葉集』では鹿の鳴き声を歌に取り入れたものが多いが、秋萩《あきはぎ》との取り合わせで歌われることもある。

奈良京時代

無事に帰ってくるのですよ

草枕《くさまくら》　旅行《たびゆ》く君《きみ》を　幸《さき》くあれと
斎瓮《いはひへ》据《す》ゑつ　我《あ》が床《とこ》の辺《へ》に

大伴坂上郎女《おおとものさかのうえのいらつめ》（巻十七の三九二七）

現代語訳

旅に出るあなたが
無事でありますようにと、
斎瓮《いわいべ》を置いた――、
私の床の辺に。

家持《やかもち》が可愛くて可愛くて

この歌は大伴坂上郎女《おおとものさかのうえのいらつめ》が旅立つ大伴家持《おおとものやかもち》に贈った二首のうちの一つ。七四六年、家持は越中（富山県）に赴任することになり、奈良の都をあとにした。その家持に対して郎女が「ちゃんと祭壇も用意して、あなたの無事を祈っていますよ」と言っているわけだ。

郎女は家持の叔母であり、育ての親であり、さらには妻の母だった。家持のことを二重にも三重にも愛していたことだろう。旅の無事を祈って祭壇をしつらえることは、彼女にとってごくごく当然の

【歌人紹介】
大伴坂上郎女《おおとものさかのうえのいらつめ》

→P76参照

【豆知識】
斎瓮《いわいべ》は神棚のようなもの

斎瓮は神に祈りを捧げるために不可欠な祭具で、忌み清めた甕《かめ》に神酒を入れ、木綿《ゆう》を垂らし据え置いた。この木綿は注連縄《しめなわ》の白い紙のようなもの。家のなかに祭壇をつくるという行為はイメージしにくいかもしれないが、神棚のようなものだったと考えれば身近に感じるはずだ。

ことだった。

この歌にある「我《あ》が床《とこ》の辺《へ》に」ということばから、祭壇は寝室というプライベートな空間に置かれていたことがわかる。これは前項でも触れたとおりだ。

およそ五年後、無事に帰京

祭壇は、ただ設置すれば事足りるというものではなく、女たちは身を慎みながら不浄を避け、日々愛する男の安全を祈った。それを怠ると、男の身に災難がふりかかると信じられていたのだ。郎女も熱心に祈りを捧げたことだろう。

郎女は家持に二首の歌を贈ったといったが、もう一首は「会いたいけど会えない、どうすればいいんだろう、どうしようもできない……」（今《いま》のごと　恋《こひ》しく君《きみ》が　思《おも》ほえば　いかにかもせむ　するすべのなさ　巻十七の三九二八）というやるせなさを吐露している。家持への二重三重の愛情をストレートに表現した歌だといっていい。

その家持だが、越中への赴任期間はおよそ五年。平城京に戻ったのは七五一年のことだ。郎女もさぞかしホッと胸をなでおろしたに違いない。

【キーワード】

草枕《くさまくら》

夏目漱石の作品タイトルにも使われていることばは「旅」「旅寝」「度《たび》」などにかかる枕詞《まくらことば》。草を編み即席でつくった旅先で使う枕のこと。当時は野宿をすることも多く、旅先でのわびしさを表すときにも使われる。草の枕を結うことから「結ふ」「夕」にもかかってくる。

万葉スポット

「越中万葉」の世界が楽しめる

高岡市万葉歴史館（富山県高岡市）

『万葉集』の歌のなかから、とくに越中を舞台にした作品を中心に資料を展示している。『万葉集』ゆかりの草花や樹木を植栽した四季折々の庭園も見どころの一つ。

高岡市万葉歴史館提供

スプリング・ハズ・カム！

石走《いはばし》る　垂水《たるみ》の上《うへ》の　さわらびの
萌《も》え出《い》づる春《はる》に　なりにけるかも

志貴皇子《しきのみこ》（巻八の一四一八）

現代語訳

ほとばしる滝のほとりに
ワラビ――。
そのワラビが天に向かって
伸びている……。
春が来たんだ！

滝の音が聞こえてくるような臨場感

この歌の作者は天智《てんじ》天皇の皇子であり、光仁《こうにん》天皇の父でもある志貴皇子《しきのみこ》だ。彼の歌は非常に格調高く、『万葉集』には六首の作品が残っている。

この歌はそのなかでも最も有名な作品で、『万葉集』のファンにはこの歌をベストワンにあげる人も少なくないようだ。春が訪れた喜びを、素直に上品に、そしてイキイキと歌い上げている作品はほかにないだろう。

【歌人紹介】

志貴皇子《しきのみこ》（？～七一六）

父は天智《てんじ》天皇。母は越道君伊羅都売《こしのみちのきみいらつめ》。死後「春日宮御宇天皇《かすがのみやにあめのしたしらしめししすめらみこと》」と皇帝の称号を贈られた。別名は田原《たはら》天皇。『万葉集』には六首の歌を残しており、新鮮かつ明快な作風が高い評価を受けている。光仁《こうにん》天皇の父であり、また万葉歌人の湯原王《ゆはらのおおきみ》の父でもある。

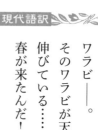

歌にある「垂水」とは滝のことで「石走る」は、その枕詞。水が岩に当たってしぶきをあげるようすを示すが、この枕詞が歌の描き出す情景全体に躍動感を与えているといっていいだろう。温かくなり雪解け水で水かさの増した川が、滝となって落ちていく水の流れ。またその音色が春の到来を喜んでいるかのごとく響いてくるように感じる。

新鮮な感性がほとばしる

そしてそのほとりの大地では、水しぶきをあびながらツヤツヤしたワラビの新芽が芽吹いている。くるくると丸まった新芽が、頭をもたげながら天に向かって伸びているのだ。炎のように。ここはまさに「萌え出《い》づる」ということばがぴったりで、これ以上の表現はないだろう。まさに新鮮な感性のたまものであり、全体を通して、どこをどう切り取っても春の息吹が香りたつ名歌だ。

この歌は巻八の冒頭を飾っている。巻頭歌は巻全体の意味づけをする重要な歌である。古くからある名歌であり、有名な人の歌であり、何よりも歌そのものがすばらしくなくてはならない。まさにそのポジションにふさわしい作品といえよう。

【美しいことば】懽《よろこ》び

この歌の題詞《だいし》は「志貴皇子の懽びの御歌一首」。「懽び」ということばは今でいう「喜び」で「ワクワクする・ウキウキする」といった意味をもち、弾むような気持ちをあらわしている。題詞に用いられることばから、すでに春仕様となっていることがわかる。

万葉植物図鑑

今も愛される春の山菜の代名詞

ワラビ

シダ植物の一種で、春の山菜の代名詞ともいえる。葉が開く前の若芽を摘んで食用とする。わらびもちは、もともと、このワラビの根に含まれるでんぷんでつくられていた。

生《い》ける者《ひと》 遂《つひ》にも死《し》ぬる ものにあれば この世《よ》にある間《ま》は 楽《たの》しくをあらな

大伴宿禰旅人《おおとものすくねたびと》（巻三の三四九）

現代語訳

生きとし生けるものは、すべていずれは死ぬ――。それなら、生きている間はせめて楽しく過ごせ。遊ばにゃ、ソンソン！

思う存分酒が飲めたなら

この歌は大伴旅人《おおとものたびと》の人生観を表している作品。内容はいたってシンプルで「いずれ死ぬんだから生きてるうちは楽しまなければ」というものだ。酒をテーマにした「酒を讃《ほ》むる歌十三首」のうちの一首であることから、ここでいう「楽しくをあらな」は酒を飲んで楽しくやろうととらえるべきだろう。

旅人はよほど酒への思いが強かったようで、ほかの十二首を読むとそれが伝わってくる。歌は省略するが、たとえば「役にも立たな

【歌人紹介】

大伴宿禰旅人《おおとものすくねたびと》

→P30参照

【豆知識】

長年連れ添った妻の死

旅人が大宰府への赴任を命じられたのは七二七～七三〇年で、このときは妻子をともなっていた。妻の名前は大伴郎女《おおとものいらつめ》。大宰府への着任後、間もなく病死した。その死を悼んで山上憶良《やまのうえのおくら》が挽歌を贈っている（巻五の七九四）。

い物思いにふけるくらいなら、一杯やったほうがいい　巻三の三三八」「偉そうにものを言う人間より、酔っ払って泣いている人間のほうがずっとマシだ　巻三の三四一」「利口なふりをして酒を飲まない人をよく見たら猿そっくりだ　巻三の三四四」「この世で酒が楽しく飲めたら、来世は虫でも鳥でもかまわない　巻三の三四八」といった歌が並んでいる。

それができない自分を嘲笑する

奈良時代の官僚は減点主義・成果主義のストレス社会だった。官僚たちは日々、己を高め、家や地域、国家のためにあくせく働いていた。

それに対して、この歌は、今生きているということそのものを楽しもうという考え方を示している。人間の命には限りがあるのだから、生きている間は楽しく生きるべきだというのだ。旅人は、酒をほめることで、その人生の楽しさを歌っている。

人生や仕事には、いくら悩んでも解決できないことは多い。酒は、それを忘れさせてくれる。旅人はその効能をこそたたえているのだろう。現代でも同じような気持ちを抱える人は多いはずだ。

【キーワード】

造酒司《さけのつかさ》

奈良京時代の役所で、ここで酒や酢などを製造していた。日本では古くから酒づくりが行われていたようで「魏志倭人伝《ぎしわじんでん》」にも「酒を嗜《たしな》む」といった記述がある。万葉の時代、貴族たちの宴席に酒は不可欠だったが、庶民たちも酒に親しんでいた。

万葉スポット

歌碑が点在する緑の公園

大宰府歴史スポーツ公園（福岡県太宰府市）

緑豊かな園内には十基の万葉歌碑が点在。旅人の「酒を讃《ほ》むる歌十三首」のうち一首を刻んだ歌碑が見られるほか、憶良や人麻呂《ひとまろ》の作品も。散策がてら歌碑めぐりを楽しみたい。

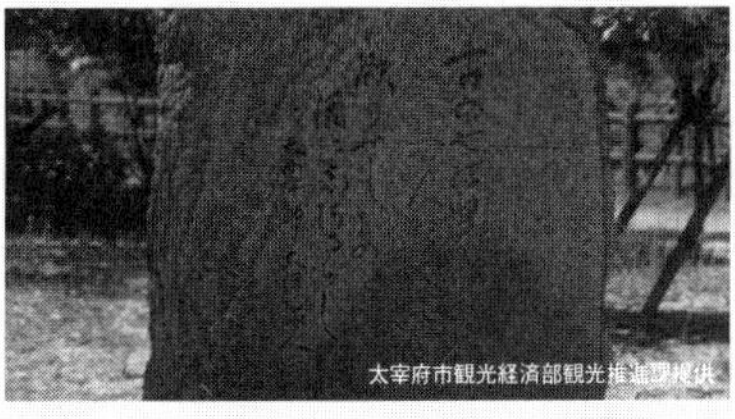
太宰府市観光経済部観光推進課提供

奈良京時代

『万葉集』の大トリは、この歌で

新《あらた》しき　年《とし》の初《はじ》めの　初春《はつはる》の
今日《けふ》降《ふ》る雪《ゆき》の　いやしけ吉事《よごと》

大伴宿禰家持《おおとものすくねやかもち》（巻二十の四五一六）

現代語訳

新しい年の初めの
今日に降る雪のように……
よいことがたくさん重なれよ
よいことがたくさん！

元旦に雪が降るといい年になる

『万葉集』には四千五百首あまりの歌が収められているが、その大トリを務めるのが、この大伴家持《おおとものやかもち》の作品だ。最後を飾るにふさわしいはればれとした歌といえる。

この歌が披露されたのは七五九年の元旦。因幡国《いなばのくに》（鳥取県東部）の国庁《こくちょう》に役人たちを集めて宴を開き、そこで詠まれたものだ。この日は歌にもあるように雪が降っていた。

新年最初の日に雪が降るというのは吉兆とされていた。宴に参加

【歌人紹介】
大伴宿禰家持《おおとものすくねやかもち》

↓P82参照

【豆知識】
いやしけ吉事

歌の最後にある「いやしけ吉事」の「いや」は「ますます」、「しけ」は「重なれ」という意味。「吉事」は「めでたいこと」なので「いいことがたくさん起こりますように」といった意味となる。

した人たちは「今年はいい一年になりそうですな」とうなずき合ったことだろう。家持はその元日の雪にちなんで「雪が積もるようにいいことが重なりますように」と歌ったわけだ。「いやしけ吉事」という勢いあることばが思いの強さを伝えている。

ハッピーエンドで幕を閉じる

年のはじめを歌っている作品だが、これを最後にもってきたのは、やはり『万葉集』をハッピーエンドにしたかったからだろう。読者としても、四千五百首もの歌を読んできたあとは希望に満ちた歌でしめくくってほしいと思うはずだ。

そして同時に編纂《へんさん》者はこうも考えたに違いない。「ずっと『万葉集』が読み継がれていきますように」「和歌を愛する心がのちのちの世まで伝わりますように」と。

令和という新元号を迎えた際、多くの日本人は改めて『万葉集』の世界に戻ってきた。今この本を手にしているあなたもその一人だろう。編纂者が『万葉集』に込めた思いを、私たちはしっかりと受けとめているといっていい。万葉の時代から令和までの長い時間は、歌を通して、途絶えることなく結びついているのだ。

【季節のことば】初春《はつはる》

四千五百首あまりの歌が収められている『万葉集』のなかで、「初春」ということばを使った歌は意外にも二首しかない。一つがこの歌で、もう一首も家持の作品だ（P120参照）。どうやら「初春」は家持のお気に入りだったようだ。

万葉スポット

ゆかりの地に建つ歴史館

因幡《いなば》万葉歴史館（鳥取県鳥取市）

『万葉集』最後の歌ゆかりの地に建てられた歴史館。大伴家持の生涯を紹介するコーナーや古代の因幡国の様子を伝える展示など内容は充実。周辺には因幡国庁跡や家持の歌碑。

因幡万葉歴史館提供

あとがき

これまで私は、ずいぶん意地悪なことをされてきた、と思う。生きてきて、いやな思いをしたことは、少なからずある。それでも、ひっそりとではあるが、『万葉集』の研究を飽きもせず四十年近くも続けてきた。そして、いろいろな本を書いてきたわけだが、マンガを中心とした本の製作に携わったのは、これが初めてである。意地悪な学界の先生たちから、どんなことを言われるか、今からハラハラしている。

でも、そんなことでくよくよするのはやめよう。この本を読んでくれた多くの読者が、『万葉集』って「おもしろいじゃない」と思ってくれれば、それでよい。

そして、そのなかから、一人でも『万葉集』の研究を志す人が出てくれれば、それでいいじゃないか。やがて私も死んでゆく。その時には、「あぁ、楽しかった。研究もしたし、おまけにマンガの本もつくることができた。よかった。よかった。万歳、万歳！」と言って、死んでゆきたいと思う。学術論文を書くだけが仕事ではないはずだ。私はそう思いながら、この本の製作に携わったのである。

奈良大学ゆかりの、佐伯恵秀さん、大場友加さん、向後文佳さん、仲島尚美さん、永井里歩さん、太田遥さんからは、さまざまなアドバイスをいただいた。「先生、そんなんじゃあ、マンガになりませんよー」と何度言われたことか。私の方が学生になって学んだようなものである。ありがとう。ありがとう。楽しい本ができました。

令和元年立秋のその時に

上野誠しるす

『万葉集』全二十巻概要（巻一～巻十まで）

巻数（歌番号）	内容
巻一（1～84）	宮廷の儀礼や行事など**公の場で詠まれた「雑歌《ぞうか》」で構成**されており、『万葉集』の根幹を成す。天皇の御代ごとに分けられ、年代順に配列しようとしているのも特徴。
巻二（85～234）	**「相聞《そうもん》」、「挽歌《ばんか》」で構成**されており、巻二は巻一と合わせてひとまとまりの形態となる。天皇の御代ごとに分けて、年代順に配列しようとしているのも巻一と同じ。
巻三（235～483）	巻一と巻二を補う歌が中心。物事をなぞらえて表現する「**譬喩歌《ひゆか》**」の分類もある。
巻四（484～792）	巻三と合わせてひとまとまりの形態となる、恋のやりとりを歌った**「相聞」が中心**の巻。後半は大伴坂上郎女《おおとものさかのうえのいらつめ》、大伴家持《おおとものやかもち》に関する優美な恋の歌が多い。

巻五（793〜906）	巻六（907〜1067）	巻七（1068〜1417）	巻八（1418〜1663）	巻九（1664〜1811）	巻十（1812〜2350）
大宰府に赴任していた**大伴旅人、山上憶良の歌が中心**となる巻。憶良の作はこの巻に集中しており、代表作品「貧窮問答《ひんきゅうもんどう》の歌」もこの巻に収められている。	**伝統的な宮廷歌が多い巻**。奈良京時代に入ってからの伝統的な「雑歌」が年月順に配列されているのが特徴で、聖武天皇によるあわただしい遷都があった時代の空気感が感じられる。	構成は巻三と同じだが、巻七は作者不記載歌を集めている。「人麻呂歌集」を資料とした歌が多く、「**旋頭歌**《せどうか》」のほとんどは「人麻呂歌集」所出によるもの。	**四季ごとに「雑歌」と「相聞」で分類**した巻。春の「雑歌」の巻頭は志貴皇子から始まり、春、夏、秋、冬のそれぞれの冒頭に見事な巻頭歌を据える編纂意図を感じさせる構成。	『万葉集』の**三大部立がそろう唯一の巻**。旅と伝説に関する歌が多い。口頭で伝承された伝説を伝統的な長歌に仕上げた歌などが収められている。	**四季ごとに「雑歌」と「相聞」で分類**した巻。構成は巻八と同じだが、巻十は作者不記載歌を集めている。秋の「雑歌」では七夕の歌が多く収められているのが特徴。

『万葉集』全二十巻概要（巻十一～巻二十まで）

巻数（歌番号）	内容
巻十一（2351～2840）	**作者不記載の恋の歌が中心**。直接的に自分の思いを表現する「**正述心緒**《せいじゅつしんしょ》」、物に思いをたくして表現する「**寄物陳思**《きぶつちんし》」が根幹を成している。
巻十二（2841～3220）	巻十一同様に**作者不記載の恋の歌が中心**。加えて、この巻では旅に思いを起こす「**羇旅発想**《きりょはっし》」や、旅立つ者との別れを惜しむ「**悲別歌**《ひべつか》」も収められている。
巻十三（3221～3347）	**作者不記載の長歌が中心**。民間に伝誦されていたことを思わせる歌謡風の歌が多いのが特徴で、『古事記』や『日本書紀』に通じるものも多い。
巻十四（3348～3577）	**「東歌《あずまうた》」と標題する短歌集。東国の風俗歌**がその根幹を成しており、都とは違った一時代古い生活や信仰を伝える風俗歌が収められている。

巻十五（3578〜3785）	巻十五は**部立されていないが、二つの歌群から成り立つ**。前半は新羅に派遣された遣新羅使人関係の歌群で、後半は中臣宅守《なかとみのやかもり》と狭野弟上娘子《さののおとがみおとめ》による贈答歌群。
巻十六（3786〜3889）	「**有《ゆう》由《ゆ》縁《えん》併《あは》せて雑歌《ぞうか》**」と標題されている巻。**部立されていないが、伝説的な背景をもつ雑歌から成り立つ**。説話的な歌や、宴席における伝誦歌、地方の民謡なども収められている。
巻十七（3890〜4031）	巻十七以下の四巻は部立がなく、**大伴家持の作品が中心**。七三〇〜七四八年を中心とした家持の歌日誌備忘録のような構成。前半は在京時代、後半は越中赴任時代のもの。
巻十八（4032〜4138）	巻十七と同じく、**ほぼ年代順に配列されている家持の歌日誌**。巻十八は、おもに七四八〜七五〇年の越中赴任時代のもの。
巻十九（4139〜4292）	巻十七、巻十八と同じく、**ほぼ年代順に配列されている家持の歌日誌**。巻十九は、おもに七五〇〜七五三年。前半は越中赴任時代で後半は帰京後。ただし帰京後の歌の数は少ない。
巻二十（4293〜4516）	巻十七〜十九と同じく、**ほぼ年代順に配列されている家持の歌日誌**。巻二十は、おもに七五三〜七五九年。帰京してから因幡《いなば》（鳥取県の東半分）赴任まで。防人歌も含まれている。

『万葉集』歌索引（初句）

本書で紹介している歌を
最初の句のみあいうえお順で記載しています

【あ行】

あかねさす（あかねさす）……44
あからひく（あからひく）……110
秋風は（あきかぜは）……166
商返し（あきかへし）……114
秋の野に（あきののに）……138
秋萩を（あきはぎを）……200
麻苧らを（あさをらを）……140
あしひきの（あしひきの）……162
明日香川（あすかがは）……17
天降りつく（あもりつく）……180
新しき（あらたしき）……208
我はもや（あれはもや）……22
あをによし（あをによし）……19、68、124
青柳（あをやなぎ）……21
生ける者（いけるひと）……206
磯の上に（いそのうへに）……161
石走る（いはばしる）……204
家ならば（いへならば）……198
家にありし（いへにありし）……188
打つ田に（うつたに）……86
梅の花（うめのはな）……162
梅柳（うめやなぎ）……126
恨めしく（うらめしく）……128
大船に（おほぶねに）……70

【か行】

香具山は（かぐやまは）……42
風をだに（かぜをだに）……100
神代より（かみよより）……74
君が行き（きみがゆき）……34
君により（きみにより）……116
君待つと（きみまつと）……100
草枕（くさまくら）……202
言出しは（こちでしは）……106
来むと言ふも（こむといふも）……76
籠もよ（こもよ）……38

【さ行】

さし焼かむ（さしやかむ）……104
験なき（しるしなき）……28
銀も（しろかねも）……196
白たへの（しろたへの）……152

【た行】

立山の（たちやまの）……20
魂合へば（たまあへば）……94
多摩川に（たまがはに）……144
玉桙の（たまほこの）……78
ちはやぶる（ちはやぶる）……92
月立ちて（つきたちて）……174
寺々の（てらてらの）……132
常世にと（とこよにと）……192
飛ぶ鳥の（とぶとりの）……64

【な行】

西の市に（にしのいちに）……90
ねもころに（ねもころに）……158

【は行】

蓮葉は（はちすばは）……134
初春の（はつはるの）……120
春過ぎて（はるすぎて）……18、56
春の野に（はるののに）……184
人皆は（ひとみなは）……164
藤波の（ふぢなみの）……163
仏造る（ぶつつくる）……132
ほととぎす（ほととぎす）……163

【ま行】

眉根掻き（まよねかき）……146
みどり子の（みどりこの）……178
みもろの（みもろの）……62
み吉野の（みよしのの）……165

【や行～】

やすみしし（やすみしし）……60
やどにある（やどにある）……112
大和には（やまとには）……40
世の中も（よのなかも）……112
我が門の（わがかどの）……165
我が里に（わがさとに）……50
我が背子が（わがせこが）……98
我が業なる（わがなりなる）……154
我妹子が（わぎもこが）……154
我妹子は（わぎもこは）……150

『万葉集』歌索引（歌人）

本書で紹介している歌を
歌人あいうえお順で記載しています

飛鳥京、藤原京、奈良京の地図

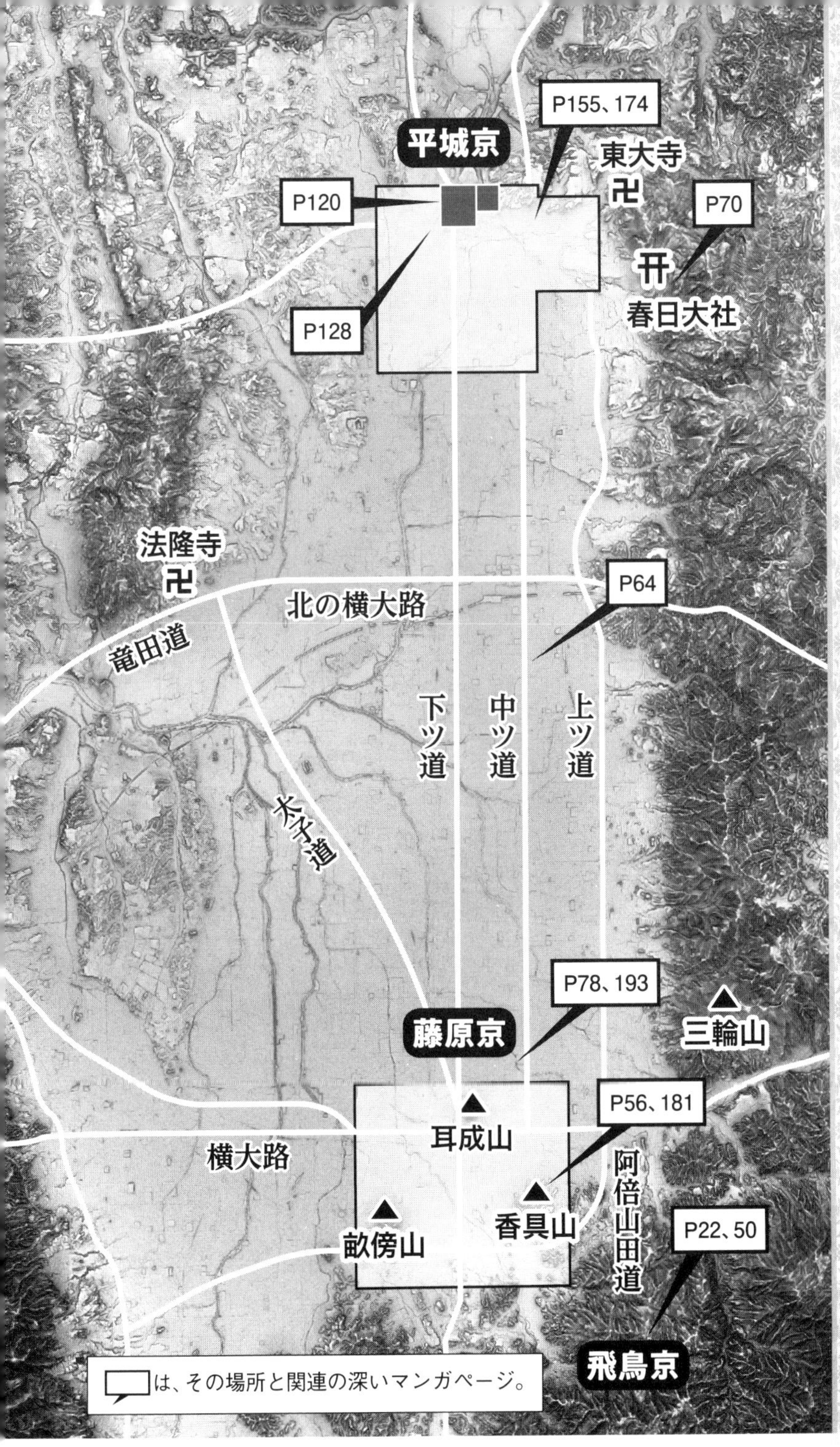

『万葉集』関連年表

歴史区分	西暦	天皇	出来事
飛鳥京時代	592	推古天皇	推古天皇即位、飛鳥豊浦宮に遷る
	593		**聖徳太子**、摂政となる
	630	舒明天皇	飛鳥岡本宮に遷る
	642	皇極天皇	皇極天皇、飛鳥小墾田宮で即位
	643		飛鳥板蓋宮に遷る
	645		**乙巳の変**。中大兄皇子らが蘇我入鹿を殺害
難波宮	651	孝徳天皇	難波長柄豊碕宮に遷る
	653		中大兄皇子らが飛鳥河辺行宮に帰る
	655	斉明天皇	飛鳥板蓋宮焼亡、飛鳥川原宮に遷る
	656		後飛鳥岡本宮へ遷る
	663	天智天皇	**白村江の戦い**で唐・新羅連合軍に大敗
大津宮	667		近江の大津宮に遷る
	671		大海人皇子は吉野へ。天智天皇没
	672	天武天皇	**壬申の乱**。大海人皇子、大友皇子を破り、飛鳥浄御原宮へ遷る
	680		天武天皇、薬師寺（本薬師寺）発願

この時代に活躍したおもな万葉歌人

額田王

天智天皇

天武天皇

時代	年	天皇	出来事
	689	持統天皇	**飛鳥浄御原宮令制定**
藤原京時代	694		**藤原京へ遷都**
	701	文武天皇	日本初の本格的な法典である『**大宝律令**』が施行される
	702		山上憶良らを遣唐使として派遣
	708	元明天皇	日本最古の流通貨幣とされる**和同開珎**が発行される
奈良京（平城京）時代	710		**平城京へ遷都**
	712		『**古事記**』が奏上される
	718	元正天皇	藤原不比等らによって『**養老律令**』が制定される
	720		『**日本書紀**』が撰上される
	729	聖武天皇	虚偽の密告により長屋王が自死に追い込まれる（長屋王の変）
恭仁宮	740		恭仁京に遷都する
	741		聖武天皇が国分寺および**大仏建立**の詔を出す
	742		近江に離宮・紫香楽宮を造営
難波宮	744		難波宮に遷都
	745		行基を大僧正とする。都を平城京へ戻す
	749	孝謙天皇	**東大寺大仏完成**
	754		唐の高僧である鑑真が入京する
	759	淳仁天皇	鑑真により唐招提寺が建立される
	768	称徳天皇	称徳天皇の勅命により春日大社が創建される
	★		『**万葉集**』この頃までに成立？
	784	桓武天皇	**長岡京に遷都**

藤原京時代：

持統天皇
柿本人麻呂
山上憶良
大伴旅人

奈良京（平城京）時代：

山部赤人
大伴坂上郎女
大伴家持

参考文献

『続日本紀 三（新日本古典文学大系）』青木和夫、笹山晴生、稲岡耕二、白藤禮幸 校注（岩波書店、一九九二）
『恋する万葉植物』伊東ひとみ 著、千田春菜 絵（光村推古書院、二〇一〇）
『万葉体感紀行 飛鳥・藤原・平城の三都物語』上野誠 著（小学館、二〇〇四）
『心ときめく万葉の恋歌』上野誠 著（二玄社、二〇一二）
『はじめて楽しむ万葉集』上野誠 著（角川学芸出版、二〇一二）
『万葉集の心を読む』上野誠 著（角川学芸出版、二〇一三）
『万葉集で親しむ大和ごころ』上野誠 著（ＫＡＤＯＫＡＷＡ、二〇一五）
『万葉手帳』上野誠 著（東京書籍、二〇一六）
『万葉集から古代を読みとく』上野誠 著（ちくま書房、二〇一七）
『「令和」の心がわかる 万葉集のことば』上野誠 著（幻冬舎、二〇一九）
『新編日本古典文学全集（６）萬葉集（１）』小島憲之、木下正俊、東野治之 校注・訳（小学館、一九九四）
『新編日本古典文学全集（７）萬葉集（２）』小島憲之、木下正俊、東野治之 校注・訳（小学館、一九九五）
『新編日本古典文学全集（８）萬葉集（３）』小島憲之、木下正俊、東野治之 校注・訳（小学館、一九九五）

『新編日本古典文学全集（9）萬葉集（4）』小島憲之、木下正俊、東野治之 校注・訳（小学館、一九九六）
『新編日本古典文学全集（4）日本書紀（3）』小島憲之、西宮一民、毛利正守、直木孝次郎、蔵中進 校注・訳（小学館、一九九八）
『必携　万葉集要覧』桜井満 著（桜楓社、一九七六）
『旺文社全訳古典撰集　万葉集（上）』桜井満 訳注（旺文社、一九九四）
『旺文社全訳古典撰集　万葉集（中）』桜井満 訳注（旺文社、一九九四）
『旺文社全訳古典撰集　万葉集（下）』桜井満 訳注（旺文社、一九九四）
『日本史用語集 改訂版 A・B 共用』全国歴史教育研究協議会 編（山川出版社、二〇一八）
『古代史で楽しむ万葉集』中西進 著（KADOKAWA、二〇一〇）
『万葉の心』中西進 著（毎日新聞出版、二〇一九）
『古事記 新潮日本古典集成 第27回』西宮一民 著（新潮社、一九七九）
『日本史広辞典』日本史広辞典編集委員会 編（山川出版社、一九九七）
『日本の服装の歴史 ①原始時代～平安時代』増田美子 監修・著（ゆまに書房、二〇一八）
『奈良県の地名　日本歴史地名大系30』（平凡社、一九八一）

監修 **上野　誠**（うえの　まこと）

1960年、福岡生まれ。国学院大学大学院文学研究科博士課程満期退学。博士（文学）。奈良大学文学部教授。第12回日本民俗学会研究奨励賞、第15回上代文学会賞、第7回角川財団学芸賞、第20回奈良新聞文化賞、第12回立命館白川静記念東洋文字文化賞受賞。『古代日本の文芸空間』（雄山閣出版）、『魂の古代学――問いつづける折口信夫』（新潮選書）、『万葉挽歌のこころ――夢と死の古代学』（角川学芸出版）、『折口信夫的思考-越境する民俗学者-』（青土社）、『万葉文化論』（ミネルヴァ書房）など著書多数。

マンガ　サイドランチ

motto（担当ページ　10〜16,28,29,78〜81,106,107,120,121,128,129,155,174,175,188,189,193）
白瀬るい（担当ページ　34,35,70,71,86,87,94,95,134,135,140,141,146,147,166,167,181）
葉月ひよこ（担当ページ　22〜25,44〜47,50〜53,56,57,64,65,101）

STAFF
本文デザイン／小河原德（C-S）
DTP／小河原德（C-S）、福井直行
マンガシナリオ／クリエイティブ・スイート
編集・構成／クリエイティブ・スイート
執筆／白石恵子、柚木崎寿久（オフィスゆきざき）
校正／聚珍社

写真提供
【PIXTA（ピクスタ）】
P17：©CHU、P19上：©goya、P19下：©めがねトンボ、P20：©まちゃー、P21：©Naoo、P161：©内蔵助、P162上：©オフィスK、P162下：©H・東洋、P163上：©オフィスK、P163下：©ichimonji、P164：©akiko、P165：©ポロ、P186：©A.kiyoshi
【amana】
P18：©TOSHITAKA MORITA/SEBUN PHOTO/amanaimages
※個人、公共機関はそれぞれの写真下に記載

マンガでわかる万葉集

監修者　上野　誠
マンガ　サイドランチ
発行者　池田士文
印刷所　大日本印刷株式会社
製本所　大日本印刷株式会社
発行所　株式会社池田書店
〒162-0851　東京都新宿区弁天町43番地
電話 03-3267-6821（代）／振替00120-9-60072

落丁・乱丁はおとりかえいたします。

ISBN978-4-262-15568-5

19000010